春の消息

柳美里
佐藤弘夫
写真 宍戸清孝

第三文明社

春の消息

はじめに

柳美里

人との出逢《であ》いは、不思議です。

特に、逢おうとして逢ったのではなく、思いがけずに遇《あ》った場合は、その意味を考えます。

繋《つな》がった縁の糸の片端をつかんで、なぜ遇ったのだろう、とその意味を問うのです。

その意味は、その人との関係の中で徐々に明らかになります。

佐藤弘夫さんと遇ったのは、二〇一六年六月二十二日、わたしの四十八歳の誕生日でした。

場所は、福島県浜通りのいわき市。

わたしは夫の運転する車に乗って、南相馬市原町区の自宅から常磐道《じょうばんどう》を南下しました。

夫はわたしの仕事の秘書業務を担っています。スケジュールや仕事の内容は、生活の中で知らされるので、ときどき勘違いをします。

その日、わたしは、東日本国際大学の教室で学生たちに話をするとばかり思い込んでいたのです。

車は、いわきアリオスの前で停《と》まりました。わたしは「あれ？ ここ？」と夫に訊《たず》ねました。いわきアリオスは、息子が所属している南相馬市の原町高校吹奏楽部が福島県大会で「海のフォルトゥナ」を演奏し、応援に来ていたので知っていました。四階席まである大ホールで、キャパシティは一七〇〇以上あります。

しかも、「いわき短期大学」五十周年、「東日本国際大学」二十周年という大きな節目となる記念式典での基調講演でした。

夫は、わたしを降ろすと、南相馬に戻って行きました。彼は家事全般も担っているので、息子の夕食の支度《したく》をしなければならないのです。

わたしは、大勢の前で一方的に話をすることが苦手です。講演やシンポジウムの類《たぐい》は内容如何《いかん》にかかわらず全てお断りしていたのですが、震災以降は、小説や連載エッセイの締切状況や、講演会の趣旨《しゅし》に応じて受けることにしています。

仮に平均寿命の八十七歳まで生きるとしても、わたしの持ち時間は、あと四十年――、作品を書いたり、人前で話したりできる創造的な時間はもっと短いでしょう。東日本大震災や熊本地震のような大地震や大津波に襲《おそ》われ、今日命を落とさないとも限らない。指名される、要請があるということを、縁があると捉《とら》えることにしたのです。

舞台上には大きな垂れ幕がかかり、佐藤弘夫さんとわたしの演題が書かれていました。

わたしは主催者に決めてもらった「福島に寄り添う私」という演題、佐藤弘夫さんは「神・人・死者―日本列島における多文化共生の系譜《けいふ》―」という演題でした。

わたしが先だったので、要点を箇条書きにしたメモを演壇に並べて舞台袖《そで》に引き返すと、佐藤弘夫さんが「こんなに大きなホールだと、緊張しますね。しかも、昌平《しょうへい》中学校と高校の生徒もいるんですね。年齢層が幅広い」と気さくに話しかけてくださいました。

確かに緊張はしていたのですが、成功したとしても自分以上にはならないし、失敗したとしても自分以下にはならないと割り切れば、声が上擦《うわず》ったり脚が震えたりすることはありません。

わたしは、フランスのユダヤ人哲学者であるエマニュエル・レヴィナスの『全体性と無限』（熊野純彦訳、岩波文庫）の中の「言葉が維持するものは、言葉が宛先として指定し、言葉が呼びかけ、言葉が祈りを求める他者に他ならない」「人間は他者のために生き、他者から出発して、自己の外部で存在できるものとして定義されなければならない」という言葉を紹介して、話を終えました。

そして、客席の最前列で、佐藤弘夫さんの講演を聴いたのです。

その話が、おもしろかった。

今、自分が携《たずさ》えているいくつかの問いの真っ芯に、佐藤弘夫さんの言葉の一つ一つが当たり、響《ひび》いたのです。

わたしは驚いて、記念式典スケジュールの紙の裏に、ボールペンで佐藤さんの話を書き留めました。

「峻別《しゅんべつ》される生者と死者／人間とカミ　人間世界からのカミの放逐《ほうちく》→人間中心主

義としてのヒューマニズムの誕生」

「人間関係の緩衝材《かんしょうざい》の喪失《そうしつ》　人と人、国と国とがむき出しでぶつかり合う世界へ」

佐藤弘夫さんは、ゆるキャラブームは現代人の悲鳴なのではないか、目に見えぬ者たちとの関係を再構築する時期に差しかかっているのではないか、と話を締めくくりました。

わたしは、佐藤さんの言葉を、単なる伝達以上のものとして受け取りました。

誕生日に相応《ふさわ》しい、自分の思考が更新される体験だったのです。

わたしは、佐藤さんと企図せずに遇ったことの意味を考えました。

自分が選ぶ他者というのは自分の延長線上に在る他者に過ぎない。

他者と遇う偶然の中にこそ意味があり、出合い頭の言葉のやりとりこそ価値がある。

南相馬に帰宅してすぐにわたしは佐藤さんに自著を送りました。

佐藤さんの『死者の花嫁——葬送と追想の列島史』（幻戯書房）を読み、二人で東北の霊場巡《れいじょうめぐ》りをしてみたい、と強く思ったのです。

霊場は、悲しみの場所でもあります。

災害や不慮の事故で近親者を喪《うしな》った人の泣き声や呻《うめ》き声が消えた後の沈黙《ちんもく》が尾を引く場所です。

霊場の地蔵や絵馬や人形に引き込まれたわたしの眼差《まなざ》しの先にあるのは、今も癒《い》えることのない自分自身の悲しみに他なりません。

霊場では、自分の心に沈めたはずの悲しみが、目の前に立ち現れます。けれども、霊場で生者を待ち侘《わ》びる死者たちは、わたしたち生者を迎え入れ、その悲しみを優しく揺すってくれます。

悲しみを重荷のように感じている方に、霊場への旅路をご案内いたします。

春来る鬼

佐藤弘夫

死者との交歓の場を求めて、柳美里さんと鶴岡市の三森山《みつもりやま》を訪ねたのは昨年(二〇一六年)の八月二十二日のことでした。

わたしはしばらく前から、機会があれば庄内の「モリ供養」と呼ばれる先祖供養の行事に足を運んできました。どこのモリも、参詣者は年々少なくなっているようにみえます。三森山でも、訪れる人の数は確実に減っています。かつては山に登る人々が長蛇《ちようだ》の列をなしたといわれていますが、近年は祭礼の日でも閉《と》じたままになっているお堂があります。

常連の登拝者《とはいしや》がしだいに高齢化し、登山が困難になってきたという話を聞きました。迎える寺院の側でも集落の過疎化《かそか》が進み、山上でお堂を開く労力を確保することが難しいという事情があります。他方で、新たに山に登り始める若い人はなかなか目にすることがありません。三森山は今、急速に生者を吸引する力を失いつつあるようにみえます。

死者に逢《あ》うというと、何かおどろおどろしいイメージがありますが、三森山にその暗さはまったく存在しません。山頂から色づき始めた水田を見下ろす光景はすばらしく、死んだらここに棲《す》んで子孫の行く末を眺《なが》め、縁者《えんじゃ》の訪れを待ちたいと願う気持ちがとてもよく理解できます。

山上では登ってきた人々があちこちでお弁当を広げ、故人の眼差《まなざ》しを感じながら食事を共にしています。亡き人の分といって、一つ余分に湯呑《の》みを用意してくる方もいます。坂を下った場所にはヤッコと呼ばれる近隣の子どもたちが待ち構えていて、登山者がその子らを餓鬼《がき》に見立てて小銭を与える光景を目にすることができます。死者を偲《しの》ぶ霊地に響《ひび》く子どもたちの歓声が、なぜかこの山ではとても似つかわしく感じられるのです。

かつてこの列島上には、そこに行けば確実に故人と会うことができる約束の地が無数に存在しました。墓地がその代表ですが、川倉地蔵尊《かわくらじぞうそん》や八葉寺《はちようじ》などの霊場《れいじょう》や、モリ供養の山もそのスポットの一つでした。人々はそこを訪れる日を指折り数えて待ち続け、故人と対面するために花と香《こう》を用意し、短い旅の支度《したく》を整えました。死者との定期的な対面を楽しみにするたくさんの人々がいたのです。

しかし、そうした光景はしだいに過去のものとなりつつあります。人口の都市集中と単身世帯の増加に伴《ともな》って、家や共同体といった枠組みで死者を長期にわたって記憶し供養する体制が解体し、忘却《ぼうきゃく》される死者、供養されない死者が大量に生まれています。死者と生者との関係は個人的な繋《つな》がりとなり、多くの死者がこの世での定住の地を無くして、縁者が思い起こした時だけ記憶の中に蘇《よみがえ》る存在となりました。

こうした方向性は社会構造の変化に伴う必然的な現象であり、押し留《とど》めることのできない時の流れなのでしょう。ただ一つだけ気になるのは、伝統儀礼の衰退《すいたい》に伴って、私たちが長年にわたって共有してきた生と死のストーリーそのものが、急速に説得力を失っているようにみえる点です。

三森山でのモリ供養は、死者のためだけのものではありませんでした。三森山の頂《いただき》から、麓《ふもと》に広がる伸びやかな田園風景を見る時、生と死の境は取り払われて、いつしかわたしたちは死者の眼差しで下界を眺めています。しばし死者と時空を共有した来訪者は、折々に遺族と交流しながら先祖たちとここで俗世の垢《あか》を流すのも悪くない、と考えるようになります。そして、山での穏やかな休息を終えて俗世界に舞い戻る、生死の循環に想いを馳《は》せるのです。

日本列島の各地には年始の大正月の行事として、棚を設けて歳神《としがみ》をもてなす風習が広くみられました。そこに死と再生のモチーフを見出《みいだ》したのが折口信夫《おりくちしのぶ》です。折口は春に来訪する歳神を、先祖の霊魂と解釈しました。

植物の種籾《たねもみ》がそうであるように、生物が再生する場合は、いったん仮死状態に入って内部にエネルギーを蓄《たくわ》えるというプロセスが不可欠です。人間も生活しているうちに自然にエネルギーが枯渇《こかつ》していくため、定期的に忌籠《いごも》りの充電期間に入る必要がありました。

折口によれば、この「ものいみ」の本質は、パワーをもった外来魂を身体に付着させるための作法でした。長い冬の間、ものいみ状態にあった人々の魂は、年明けとともに訪れる歳神=外来魂のパワーを身に付け、新たな活力を得て蘇るのです。天皇の即位儀礼である大嘗祭《だいじようさい》も、その本義は復活を前にした仮死=ものいみ状態の再現であり、外来魂としての「天皇霊」(天皇家の祖霊)を身に帯びるための儀式にほかならなかったのです。

このように折口は、古代において行われた「死と復活」を擬《ぎ》したものいみの儀式を、今日の正月の行事の源流をなすものと考えました。それは盆と並ぶ、生者と死者との大規模な交歓の場でした。秋田のナマハゲをはじめ、民間には春とともに訪れる神や鬼についての伝承や、その到来を再現する儀式が多くみられます。それらも、祖先の来訪を擬したものだったのです。

冬至が過ぎてしだいに日が長くなり始める頃、祖先たちは活動を再開して山から子孫の元を訪れ、その魂に生気を吹き込みます。生者たちもそれを歳神の来訪と捉《とら》えて歓待し、新年を迎えての新たな生活の節目と捉えました。そこには冥顕《みょうけん》の境界を超えた、生者と死者の交流をめぐる豊かな物語があります。

この地球上に死後の世界を想定しない民族はいまだかつて存在しませんでした。例外はありません。そこから導き出される結論はただ一つ、人は死者を必要とする存在なのです。人生のストーリーは、死後の世界と死者たちを組み込むことによって完結し、その時初めてわたしたちは深い心の安らぎを得ることが可能となるのです。

生死の境界を超えた交流の場とそれを支える死生観が、今しだいにこの社会から姿を消しているように思えてなりません。生者の世界と死者の世界は分断され遮蔽《しゃへい》されて、死者は闇《やみ》の国の住民になりました。死はひたすら忌避《きひ》すべき未知の領域と化し、死にゆく者を一分一秒でも長くこちら側に引き留めることが現代医療の目的となりました。

日本ではお盆の死者供養の際に、先祖を迎える精霊棚《しょうりょうだな》に加えて、祀《まつ》り手のいない無縁仏を供養するため庭に小さな餓鬼棚を設ける風習が広く行われていました。死生観の変化は時代の流れであり、安易に善《よ》し悪《あ》しを判断すべき問題ではありません。しかし、時代がどのように変わっても、餓鬼棚にそっと水を手向《たむ》けるような、先に逝った者に対する心遣いを忘れないようにしたいものです。

死者にとって居心地のよい社会は、きっと生者にも優しい社会に違いありません。東北の霊場で今もつづく生者と死者の交歓の儀式は、そのことをわたしたちに気付かせてくれるのです。

目次

造本　水口美香
写真　宍戸清孝

I 死者の記憶

川倉地蔵尊《かわくらじぞうそん》

賽の河原には地蔵尊が並ぶ
――青森県五所川原市

津軽半島随一の桜の名所・芦野公園の中にある芦野湖

川倉地蔵堂

青森県津軽《つがる》地方には、江戸時代から子どもが亡くなると、その子に似せた石の地蔵尊を彫《ほ》って寺に奉納《ほうのう》するという習俗があります。太宰治《だざいおさむ》の生まれ育った金木町《かなぎまち》のはずれにある川倉地蔵尊もそうした寺院の一つで、恐山《おそれざん》とともにイタコの口寄せで知られた霊場《れいじょう》でした。

境内入口には、鳥居の形をした門があり、左右を仁王像が守っています。本堂の脇から下る小道は芦野湖《あしのこ》に通じ、その途中にある賽《さい》の河原には地蔵尊が並び、色鮮やかな風車がかすれた音を立てて回っています。風雪にさらされてきた地蔵尊は苔《こけ》がむし、一層、もの悲しい風情《ふぜい》で佇《たたず》んでいました。

本堂の中央にある六体の地蔵菩薩像を取

大小の地蔵尊は、化粧を施され、色鮮やかな衣服に包まれる

り囲むように納められているのは、ランドセルやおもちゃ、靴といった故人の遺品です。側壁天井近くには遺影《いえい》が飾られ、その下と後ろ側のひな壇には、二〇〇〇体もの地蔵尊が安置されています。遺族の手によって服を着せられ、化粧を施《ほどこ》された地蔵尊もあります。

わたしたちが訪れた日は例大祭だったため、僧侶の読経《どきょう》の中、参詣に訪れていた縁者は、急な傾斜のひな壇をゆっくりと上り、地蔵尊の服を替え、化粧を施し、供物《くもつ》を供《そな》えていました。

ハ
ノ
ニ

本堂には、故人の冥福を祈るために奉納された二〇〇〇体の地蔵尊が祀られている

毛利惇悦

人形堂

本堂の隣には人形堂があります。若くして亡くなった人を弔《とむら》うために奉納《ほうのう》された花嫁人形や花婿人形を納める場所です。ここ川倉地蔵尊は、死者の婚礼《こんれい》の地でもあるのです。四段ある棚には、人形ケースが整然と並んでいます。

「未婚のまま亡くなった息子に、あの世で幸せな家庭を築いてほしい」と奉納された花嫁人形、「亡くなった娘がそろそろ結婚適齢期になるから」と奉納された花婿人形、「子どもができる年頃だから」と、子どもの人形がいっしょに納められているケースもあります。ケースには故人の写真が納められ、婚姻相手や子どもの人形には架空《かくう》の名前がつけられています。

奉納して
五年を経過した人たちに
「人形をどうするか」
と手紙で問い合わせると、
多くの人たちが、
そのまま安置し続けることを
希望するという

在りし日の姿を思い起こしながら、祈りを捧げる

冷害の常襲地域だった津軽地方では、飢饉になると弱者である子どもが真っ先に犠牲になった

ムカサリ絵馬《むかさりえま》

若松寺の絵馬堂に安置されているムカサリ絵馬の額
——山形県天童市

山形県の村山《むらやま》地方には、死者の結婚式として、人形ではなく、婚礼の光景を描いたムカサリ絵馬を奉納《ほうのう》する風習があります。

ムカサリとは、この地方の方言で〝結婚式〟という意味です。絵馬には、花嫁と花婿のほか、仲人や近親者が描かれた絵柄があります。

わたしたちは、若松寺《じゃくしょうじ》と黒鳥観音《くろとりかんのん》を訪れました。

若松寺

若松寺は天童市《てんどう》にあり、縁結びの寺としても知られている最上《もがみ》三十三観音一番札所です。

開山は今から一三〇〇年前の奈良時代とされ、観音堂や金銅聖観音像《こんどうしょうかんのんぞう》懸仏《かけぼとけ》などの重要文化財もある古刹《こさつ》です。

ムカサリ絵馬は、もともと観音堂に納められていましたが、今は古いものは絵馬堂、新しいものは本堂に飾ってあります。平成に入ってからも奉納が続いていて、現在は一三〇〇〇枚以上が納められています。

婚礼姿を描いた絵馬を奉納して未婚の死者を供養する
——山形県天童市

南無観世音菩薩
最上三十三観音
最上三十三観音札所別当会

「目出度目出度の若松様よ」と花笠音頭にも歌われている――天童市・若松寺

入母屋造り・柿型銅板葺きの
観音堂に安置されている
金銅聖観音像懸仏は
国の重要文化財に指定されている

遥か彼方に葉山や月山を望む

黒鳥観音

東根市《ひがしねし》の黒鳥観音は最上三十三観音十九番札所です。高台に位置し、隣接する駐車場の見晴らし台からは、市街地を見下ろし、月山《がっさん》が望めます。境内に入ると朱印所は閉《し》まっていました。

本堂の正面には本尊の十一面観音が、その左右には小さな三十三観音が祀《まつ》られています。そして、壁一面が夥《おびただ》しい数の納札とムカサリ絵馬に覆《おお》われ、天井にはあたかも格天井《ごうてんじょう》のように、ぎっしりとムカサリ絵馬がはめ込まれています。扉が開け放たれ堂内は明るいのですが、空気は重く感じられます。

若松寺のムカサリ絵馬と同様に、時代を

反映してか、新郎は和服、軍服、タキシードなどの衣装で描かれています。絵師が描いたような緻密《ちみつ》な絵もあれば、色鉛筆やクレヨンで描かれた素朴《そぼく》な絵、合成写真など多種多様です。

絵馬には名前、享年、命日などが書かれ、実在しない花嫁は綿帽子《わたぼうし》で顔を見えないようにするなど工夫が施《ほどこ》されています。時代が新しい絵馬は多色使いで、式場で撮る記念写真のような構図の花婿・花嫁姿の絵が多く見られます。

ムカサリ絵馬も、花嫁人形の奉納も、明治以降の風習で、宗教色が薄く、死後の幸福が現世の生活の延長線上にあるとイメージされています。こうした絵馬には「死者に身近にいてほしい」という遺族の切《せつ》なる願いが込められているのです。

五十嵐
髙哲
瀧﨑
加藤健
粟野

黒鳥観音堂では、
壁や天井一面に巡礼札や
ムカサリ絵馬が
ぎっしりと飾られている
——山形県東根市

黒鳥観音を後にする時、社務所と思われる建物に貼ってあった新聞記事の切り抜きが目に留まりました。

仙台市に住む若い二人が、黒鳥観音で引いたおみくじが結婚を後押しする内容だったことに縁を感じて、地域住民の協力を得て、黒鳥観音で結婚式を挙げたという記事でした。

木立の中を縫うように続く参道
上りきったところに
無住の観音堂がぽつりと現れる

蜂占い

柳美里

六歳の春だった。

小学校の帰りに山の天辺《てっぺん》にある原っぱに向かった。

ひと気はなく、時折ウグイスの鳴き声がしていた。

わたしは草の上にランドセルを投げ捨て、靴を脱いで裸足《はだし》になった。

一面シロツメグサとレンゲが咲いている原っぱで、たくさんのミツバチが羽音を立てていた。

わたしは、顔をレンゲの花に近づけて、ミツバチの動きを観察した。ミツバチは、蜜《みつ》を吸おうとして花に潜《もぐ》り込んでいるうちに、体中花粉《かふん》まみれになる。蜜を吸い終わると、体に付いた花粉を脚で擦《こす》りながら少しずつ丸めて団子状にし、後ろ脚にくっつけて飛び立つ。

その花粉団子作成中のミツバチを、わたしは、レンゲの花ごと両手に閉《と》じ込めたのである。

目を閉じて、深呼吸をする。

刺す……刺さない……刺す……刺さない……

と、花びらの恋占いのように唱《とな》えながら、指の檻《おり》に閉じ込められたミツバチの感触に全神経を集める。

ミツバチの針には、ノコギリを逆《さか》さにしたようなギザギザが付いていて、人を刺したら、針を抜くことができない。それでも逃げようとしてもがくミツバチは、針といっしょに臓器の一部である産卵管《さんらんかん》を引き千切《ちぎ》って飛び立ち、間もなく死んでしまう、ということは昆虫の本を読んで知っていた。

小学生のわたしは無類の虫好きで、学校では「虫博士」と呼ばれていた。

ゆっくり五〇を数えて両手を開くと、汗ばんだ手のひらからミツバチは飛び立った。

わたしもミツバチも無傷で――。

蜂占いは、ミツバチだけでは止まらなかった。クマンバチを捕虫網《ほちゅうあみ》でつかまえ手のひらに囲う、五〇数えて放《はな》つ――、クマンバチに何度か成功して、わたしの衝動はさらに大きな危険へと向かった。危険だと解《わか》ってはいても、その衝動を押し留《とど》めることはできなかった。

スズメバチ――。

スズメバチに刺された時の痛みは、今でも手のひらに残っている。

刺されたのは左の手のひらなのに、頭に釘《くぎ》を打ち込まれたような痛みに全身が貫かれ、両手両足が痺《しび》れ、あぁぁぁぁと泣き出したのに、息が苦しく舌が痺れて声を出せず、目の前が真っ暗になった。

意識を失う瞬間、死んだ、と思った。

どれくらい経《た》っただろう?

全身の悪寒《おかん》で目を覚ました。

瞼《まぶた》を開けると、耳鳴りと共に青空が見えた。

口の中はまだ痺れていて、唾《つば》を呑《の》み込むことができなかった。

下半身が濡《ぬ》れていた。

わたしは草の上に投げ出された右手を持ち上げ、スカートを触《さわ》ってみた。

おしっこをもらした……

ママになんていいわけしよう……

公園の水飲み場で濡らしちゃった、って言うしかない……

じゃあ、おしっこのにおいを消すために、水飲み場でスカートを洗ったほうがいいな……

雲一つない青空……

死に瀕《ひん》した青空……

わたしは圧倒的な痛みの中で、圧倒的な青を眺《なが》めていた。

死んだら、電気を消したみたいに真っ暗になるのかな？

それとも、幽霊《ゆうれい》になっても、見ることはできるのかな？

あぁ……青いのは地球だけで、地球の外の宇宙は真っ暗なのか……

わたしは、目を閉じた。

青空が卵の殻《から》みたいに砕《くだ》けて、宙の闇《やみ》に投げ出される自分の姿が見えた。

点々と塵《ちり》のように漂っているたくさんの人の骸《むくろ》が見えた。

あれが、死というものに自ら近づいた初めての経験だった。

II

納骨に見る庶民の霊魂観

五輪塔は、インド古代の五大思想による「地・水・火・風・空」の五つの要素を意味し宇宙全体を現すシンボルとされている
——福島県会津若松市

八葉寺
はちようじ

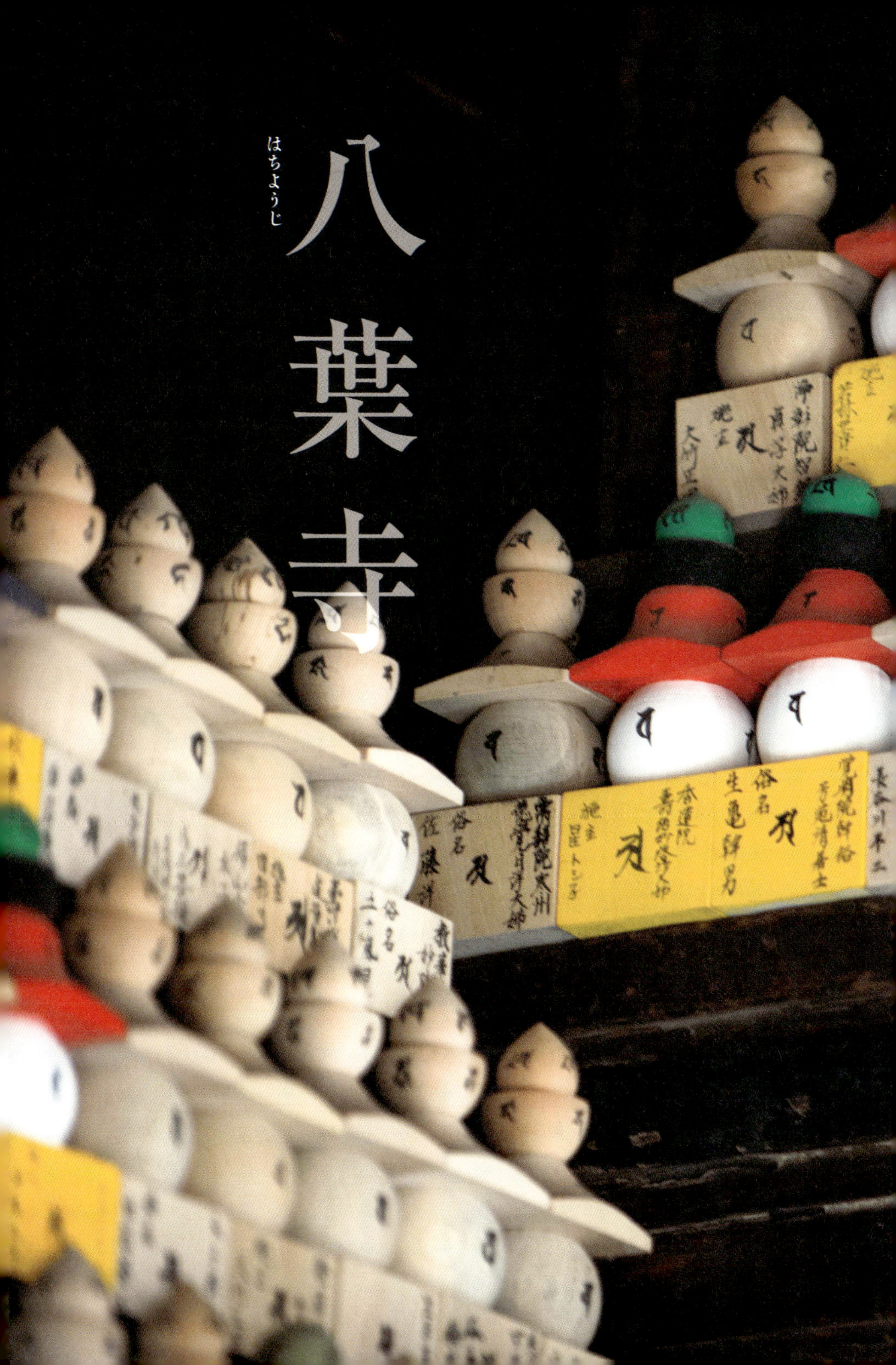

舎利殿の納骨五輪塔

八葉寺

福島県の会津若松市にある八葉寺は、会津高野山《こうやさん》とも呼ばれ、開創は平安時代の僧、空也《くうや》上人と伝えられる由緒《ゆいしょ》ある寺院です。

毎年八月一日～七日に行われる「会津高野山詣《まい》り（冬木沢《ふゆきざわ》詣り）」の時に初盆を迎える故人の骨の一部や歯、爪、髪を納めた五輪《ごりん》塔《とう》を奉納《ほうのう》する珍しい風習が今でも残っています。

いつもは無住の寺も、この時ばかりは賑《にぎ》わいを見せ、以前は夜明け前から参詣客が列をなしたといいます。

阿弥陀堂には、奉納用にしつらえられた棚に、真新しい納骨《のうこつ》五輪塔が並んでいます。昔は、壁や柱、天井に直接打ち付けられていたため、よく見ると、お堂の柱や壁に釘穴《くぎあな》が残っています。

施餓鬼法要

昭和四十六年（一九七一年）に五輪塔の調査が行われました。その報告書には、五輪塔を一つ一つ丁寧《ていねい》に取り外《はず》す様子が、「烏のなき騒ぐ中でさらさらと白い歯や骨片の、粉のように肩にふりかかる中に居ると、この世のものとも思われない寂しい感じにおそわれた」と記されています。

この時、調べられた一万四八二四基の五輪塔は、舎利殿《しゃりでん》に納められています。舎利殿をのぞくと、キャビネットのような収納棚があり、さまざまな形をした五輪塔を垣《かい》間見《まみ》ることができます。

祭礼中は、本堂の前の広場に仮設の施餓《せが》鬼堂《きどう》が設置され、十三時から施餓鬼法要が執《と》り行われています。阿弥陀堂《あみだどう》は国の重要文化財、八月五日に奉納される空也念仏踊りは県、納骨五輪塔は国の重要民俗文化財に、それぞれ指定されています。

故人の骨や髪を
納めた五輪塔を
奉納する風習は
四〇〇年以上も
続いている
民間信仰
——八葉寺阿弥陀堂

「冬木沢詣り」は会津御魂迎えの伝統行事

かつて冬木沢村と呼ばれた
河東町には
空也原や高野といった
由緒を感じさせる
地名が残っている

——八葉寺の裏手にある日吉神社

㈲ 河東自動車工業

八葉寺の門前町として栄えた
たましいのふるさと・冬木沢は
古の人々の信仰世界を
歩いてみたくなる場所

清和天皇の勅願によって開山した名刹
――山形県山形市

山寺
やまでら

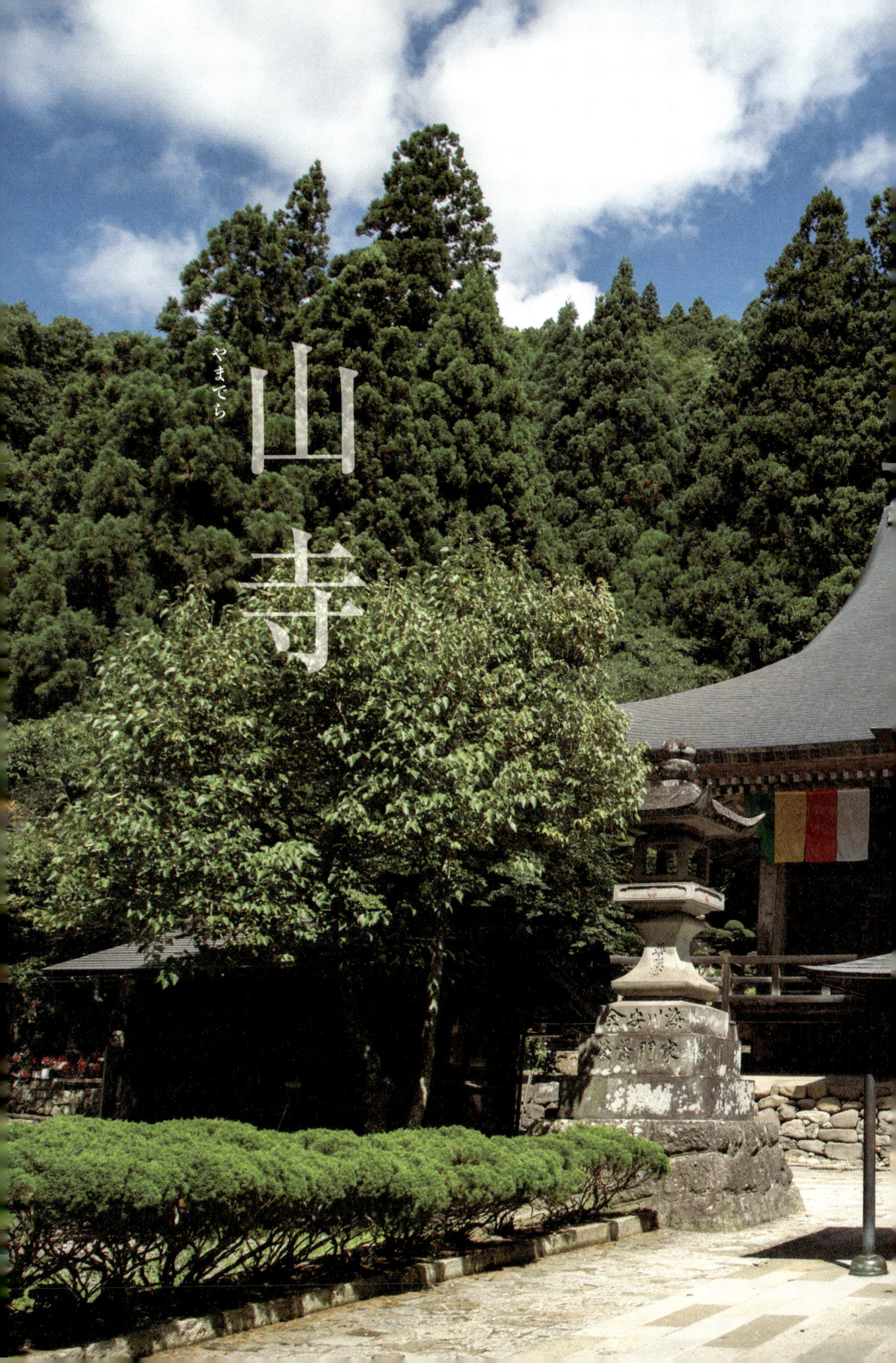

俳聖・松尾芭蕉

会津・八葉寺《はちようじ》に見られるような中世の納骨と現代にまでつづく納骨の違いは、中世は個人墓を持たない納骨でした。そのため、故人の骨や歯を納めた器を抱いて、霊地や霊場を訪れて、納入していたのです。

中世において、こうした納骨が最初に広まったのは、高野山です。空海《くうかい》が奥の院で入定《にゅうじょう》（悟りを開いて瞑想《めいそう》にふけること）しているという入定信仰が生まれ、そのお膝元《ひざもと》に遺骨を納めることによって極楽浄土《ごくらくじょうど》に導いてもらえると信じられるようになります。やがて、高野山で盛んに納骨が行われるようになると、それが全国に広まり、東北にも伝わりました。

その痕跡《こんせき》をたどるため、わたしたちは山寺と松島に足を運びました。

体を撫でてから願いごとをすると叶うといわれている立石寺の布袋像

宝珠山立石寺

松尾《まつお》芭蕉《ばしょう》が紀行文『おくのほそ道』の中で詠《よ》んだ「閑《しずか》さや岩にしみ入蝉《いるせみ》の声」の句で有名な山形県の立石寺《りっしゃくじ》、通称「山寺」は、寺伝によると、開基《かいき》は九世紀の天台僧である慈覚大師円仁《じかくだいしえんにん》で、今もなお故人の骨や歯を奥の院に納める習俗が続いています。

登山口から階段を上って境内に入ると、正面に根本中堂《こんぽんちゅうどう》が見えてきます。建築材としてはめずらしいブナを使用した重厚《じゅうこう》な建物は、国の重要文化財に指定されています。

さらに進むと山門があり、奥の院に続く八〇〇段あまりの階段が始まります。岩と岩の間を縫《ぬ》うように伸びる階段の傍《かたわ》らには、岩塔婆《いわとうば》が刻まれ、後生車《ごしょうぐるま》が立てられています。

性相院のある中腹で奥の院への参道を外《はず》れ、左手の道を進むと、慈覚大師を祀《まつ》る開山堂と岩の上に建つ赤い小さな納経堂が見えてきます。納経堂が建つのは百丈岩《ひゃくじょういわ》と呼ばれる巨岩の頂上で、その谷に面した側に、慈覚大師が入定したと伝えられる入定窟《くつ》があります。

昭和二十三年（一九四八年）、入定窟の学術調査が行われました。厳重に封印されていた入定窟には金棺《きんかん》が納められ、中からは平安時代のものとみられる頭部のない人骨と木造彫刻の頭部が見つかりました。この人骨は円仁のものだとしても不自然ではないと考えられています。山寺の起源《きげん》が平安時代にまで遡《さかのぼ》ることが明らかになったのです。入定窟は、山寺の中で最も見晴らしのよい場所にあります。しかし、残念ながら立ち入りは禁止されており、そこから景色

一段一段上るごとに
煩悩が消滅するという修行の石段
無数の磨崖仏や地蔵が祀られている

を見ることはできないので、わたしたちは開山堂のすぐ近くにある山寺随一の眺望《ちょうぼう》の五大堂に向かいました。

涼風を受け、眼下に立谷川《たちやがわ》や山寺駅を眺《なが》め、正面に目を向けると、ふもとの集落を抜ける一本の道が彼方へと伸びています。秋保《あきう》温泉、仙台へとつづくこの道は二口街《ふたくちかい》道《どう》と呼ばれ、江戸時代には交通・交易の要路でした。山が連なる先に二口峠を望む絶景を堪能《たんのう》した後、下山して次の目的地を目指します。

山寺から東に一キロほど行くと、最上《もがみ》三十三観音二番札所の山寺千手院《せんじゅいん》が見えてきます。この小さな寺院の裏手の山が「峯の裏」と呼ばれる地区です。山寺からは、東側に尾根を一つ隔《へだ》てた場所です。

山寺で最古とされる
納経堂には
写経した法華経が
納められている

断崖絶壁に立つ五大堂から一望する景色は圧巻

円仁宿跡と名づけられた
岩のくぼみ

垂水遺跡

千手院脇の小道を上っていくと分岐点があり、垂水《たるみず》不動尊方面への右の道を進むと、突然、巨大な奇岩が複雑に入り組んだ岩壁が現れます。これが垂水遺跡です。

巨岩には蜂《はち》の巣状に穴が開《あ》き、木製の鳥居や神が祀《まつ》られた洞、慈覚大師《じかくだいし》が修行したと伝えられる岩窟「円仁《えんにん》宿跡」もあり、幻《げん》想的《そうてき》で霊域にふさわしい雰囲気があります。

岩窟の中には五輪塔《ごりんとう》や板碑《いたひ》が散乱《さんらん》しているものがあり、納骨《のうこつ》のための穴が開いている五輪塔もあります。刻まれている年号は鎌倉時代。中世の人々が近親者の納骨のためにこの峯の裏地区を訪れていたのです。

垂水遺跡では、大正時代まで修験者の居住修行の姿が見られたという

凝灰石が浸食されてできた
不思議な岩窟
白く巨大な蜂の巣状の岩肌に
大きく開いた割れ目があり、
不動明王が祀られている

松島《まつしま》

風光明媚な
土地は、
納骨の聖地でもある
——宮城県松島町

渡月橋

霊場松島

日本三景の一つである宮城県の松島もまた、松尾芭蕉《まつおばしょう》が訪れた地として知られています。絶景を前に、さすがの俳聖《はいせい》も感動のあまり句を作ることができなかったといわれ、後に松島を思って「島々や千々《ちぢ》に砕《くだ》きて夏の海」との句を詠《よ》んだとのエピソードは有名です。

しかし、その松島で中世に納骨《のうこつ》が繰り返されていたことはあまり知られていません。

松島の中でも、最も霊場《れいじょう》の雰囲気を醸《かも》し出しているのは雄島《おしま》です。古代、死者の魂は山以外にも、陸から見える地先の島や岬に宿ると信じられていました。そうした島は、「おうしま（青島・粟島・大島・雄島など）」

と呼ばれていました。

雄島は、松島湾に浮かぶ長さ二〇〇メートルほどの小島で、朱色の渡月橋《とげつきょう》によって陸と結ばれています。渡月橋は、平成二十三年（二〇一一年）の震災で破損しましたが、平成二十五年（二〇一三年）に新しいものに架け替えられました。

島には遊歩道があって、島を巡りながら、松島湾の景色を味わうことができます。島内には、国宝の鎌倉時代の僧・頼賢《らいけん》の碑をはじめ、骨塔《こつとう》、岩窟《がんくつ》、歌碑など数多くの遺跡が残されています。

なかには、中世に極楽往生《ごくらくおうじょう》を願って立てられた板碑《いたび》もあります。中世の板碑は江戸時代のお墓と違って、基本的には全ての人々に開かれた信仰の対象であり、霊魂《れいこん》を彼岸に送り届ける装置でした。

島には、死者の安穏を願って建てられた岩窟や板碑が数多く見受けられる

島のほぼ中央に建っている座禅堂の南側に、根元だけが残る大型の板碑があります。その西側側面にある祭壇状の遺構から五基の小さな板碑が発見され、周辺には長年にわたって納骨が繰り返された痕跡《こんせき》があります。

島の南端にある頼賢の碑の南東部分には、一三世紀後半と推定される十四カ所の納骨跡が発掘されました。ほかにも島のいたるところに納骨の形跡があります。中世の人々にとって、雄島は死者を彼岸に送る霊場だったのです。

人々は
死者の骨や遺髪を
携えて
この地を訪れ
納めていった

遺品

柳美里

二〇〇〇年四月二十日、わたしは伴侶を癌《がん》で亡くした。

出遭いは三十三年前の春――、高校を一年で退学処分になったわたしは、ミュージカル劇団「東京キッドブラザース」のオーディションを受けて合格した。

東京キッドを主宰《しゆさい》していたのが、劇作家兼演出家の東由多加《ひがしゆたか》だったのである。

東とわたしは十五年の歳月を共に過ごした。

最初に暮らしたのは、東京都港区南青山のマンションだった。

それから世田谷区の奥沢駅近くのマンションに移り、黒い子猫を「クロ」と名付けて飼った。

「クロ」が死んだ翌日、わたしはうちを出た。

しばらくの間、わたしは広尾のマンションを購入して独りで暮らし、東は若い頃に購入して他人に貸していた新宿のワンルームマンションで独り暮らしを始めたが、二つの部屋は荷物置き場と化《か》し、結局、わたしたちは一年の大半を温泉宿で共に過ごし、座卓やコタツで向かい合ってそれぞれの仕事を行った。

一九九九年に、東の癌とわたしの妊娠が同時に発覚した。

翌年一月十七日に息子が誕生し、その三カ月後に東は死んだ。

東の遺体を安置したのは、渋谷区松濤《しようとう》のマンションだった。

わたしは、息子を育てるために神奈川県鎌倉市扇ガ谷《おうぎがやつ》の土地を購入し、家を建てた。

息子が三歳の時に、兵庫県神戸市垂水《たるみ》区から今の夫がやってきて、家族に加わった。

二〇一五年四月、息子の高校進学を機に鎌倉の家を売却し、福島県南相馬市原町区に転居した。

二〇一七年七月、本屋を開くために南相馬市小高区(旧「警戒区域」)に転居した。

と、略歴のように並べることはできるのだが、東の死によって記憶に線が引かれている。

東と暮らした十五年の歳月が、前世の出来事であるかのように遠く、その暮らしの細部が思い出せないのである。

赤ん坊だった息子と、今の夫との暮らしに順応《じゆんのう》するために無意識のうちに忘却《ぼうきやく》したのかもしれない。

記憶の手掛かりとなる遺品の大半が手元に残らなかったことも大きいと思う。

東由多加は、三十年間「東京キッドブラザース」を主宰していた。

稽古《けいこ》中に酒を絶やさなかった（酔っ払わなければ、演出できなかった）ために、暴言を吐《は》いたり、時には手が出たりしたこともあったので、都内の劇場は軒並《のきな》み貸し出し禁止になり、役者もスタッフも次々と劇団を去って行った。

癌が発覚した時、劇団員は一人も残っていなかった。

東京キッドブラザースは自然消滅していたのである。

しかし、東の通夜や告別式には、かつての劇団関係者が集い、夜通し泣いたり笑ったり語ったり歌ったりして、賑《にぎ》やかだった。

皆、形見分《かたみわ》けをほしがった。コート、ジャケット、セーター、シャツ、ズボン、靴、カバン、万年筆、ボールペン、鉛筆、ノート、椅子——。

中にはわたしの物も混じっていたが、いちいち説明することはしなかった。

皆が手に取り、持ち去るのを、わたしは黙認《もくにん》していた。

手元に残ったのは、ベッド、緑色の鈴がついた鍵《かぎ》、国民健康保険証、思い付いたことや料理のレシピなどが書いてあるノート、電気カミソリ、鼻毛切り鋏《はさみ》、荼毘《だび》に付《ふ》す前に鋏でひと房切って半紙にくるんでおいた白髪混じりの髪の毛——。

どれも、手や顔、体の動きを感じさせる生々しい品である。

不思議なもので、わたしと東にとって重要だったはずの出来事はことごとく忘れてしまったのだが、東の遺品から東の声が拭《ぬぐ》い去られることはない。

それを目にした途端《とたん》に、東の声が耳の底に響《ひび》くのだ。

南相馬市沿岸部に、津波で二人の幼い子どもと両親を亡くした男性がいる。

彼は、未《いま》だ発見されない三歳だった長男が迷子《まいご》にならないために、家族いっしょに暮らした思い出の詰まった家を守るために、津波で一階が抜けた自宅の隣に新しい家を建てて暮らしていた。

南相馬市には被災した家屋を解体する際の費用を補助する制度がある。制度の期限が三月末に迫《せま》った昨年（二〇一六年）二月に、彼は自宅を解体する決断をした。約二〇〇〇万円かかる解体費用を自費では工面《くめん》できないからだ。

彼は取り壊される家を前にして、「家が無くなったら、子どもたちの記憶が薄れてしまうかもしれない。もう、どんな声をしていたか、思い出せなくなっている」と涙を流していた。

家は無くなったが、子どもたちの自転車は大切に保管するそうだ。

その自転車は、子どもたちを乗せて走る、という役割を奪われた。

けれど、その自転車の車輪は、生と死の境界線を超えて走る力を持っている。

春になると、彼の家の跡地は菜の花畑の迷路になる。

彼がボランティア団体と協力して一・五ヘクタールもの巨大迷路《めいろ》を作ったのだ。

菜の花は一メートル、ちょうど三歳の男の子ぐらいの背丈《せたけ》だ。

菜の花畑の中を、補助輪《ほじょりん》を外《はず》したばかりの小さな自転車に乗って走る男の子の視界は黄色に染まっているはずだ。

菜の花畑の上には、男の子の遺品である鯉《こい》のぼりが海風を受けてはためく。

震災から半年後に生まれた彼の妹は、海に向かって「帰ってこーい！」と叫《さけ》ぶという。

Ⅲ

日本人と山

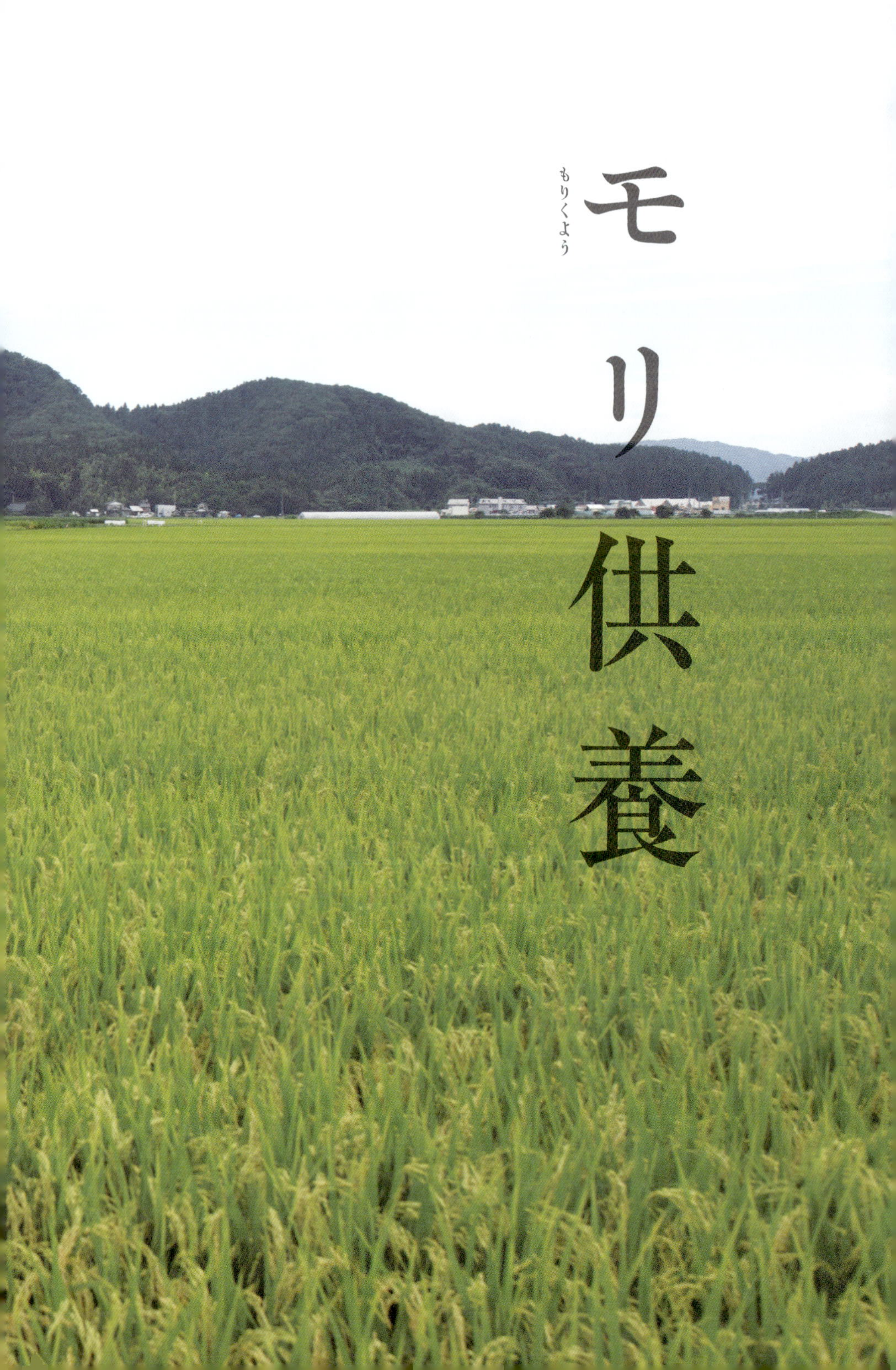

モリ供養
もりくよう

真夏の山のモリ供養は、現世と他界が繋がるひととき――山形県鶴岡市・清水のモリ

三森山のモリ

山形県の庄内《しょうない》地方では、旧盆明けの八月二十日頃、里近くのさほど高くない山で、死者と生者の交流の場となるモリ供養が行われます。その古い形態を残しているのが、鶴岡市の「清水のもり」と東田川郡《ひがしたがわぐん》庄内町の「三ケ沢《みかざわ》のもり」で、前者は西の森、後者は東の森と呼ばれています。

鶴岡市の西南部に位置する三つのこぶをもった標高一二〇メートル余の小高い丘が、「清水のもり」といわれている三森山《みつもりやま》です。

三森山のモリ供養は八月二十二日と二十三日に、山すその上清水・中清水・下清水の三地区の住民が中心となって行われます。この二日間は、いつもはひと気のない山の風景が一変します。早朝から、参拝者がふもとに車を停《と》めて、供花《くげ》や供物《くもつ》を携《たずさ》えて頂上を目指し、尾根に到着すると、思い思いに堂を巡拝します。

尾根には、優婆堂《うばどう》、閻魔堂《えんまどう》、大日堂、観《かん》音堂《のんどう》、地蔵堂、仲堂（勢至堂《せいしどう》）、阿弥陀堂《あみだどう》の小さな七つの堂や石塔群などが点在して

晩夏の三森山では二日間だけ
盆で送られた霊が集まり
故人の実在を
感じ取ることができる

尾根道には優婆堂（姥堂）をはじめ、小さなお堂が点在している

夏休みのこの日、地元の小学生たちは早朝五時すぎにはやってきて
モリ供養のお手伝いに励んだ

います。三地区にある寺院の僧侶たちが、モリ供養の期間だけ、それぞれ担当する堂や墓に詰めて、参拝者の供養を受け付けます。仲堂の裏には、不慮《ふりよ》の事故で亡くなった人を祀《まつ》ったとされる藤墓《ふじばか》があり、ここにも僧侶が詰めており、依頼に応じて供養が行われます。

モリ供養は堂前に作られた施餓鬼棚《せがきだな》で行われます。供養が始まる頃には、参拝者が敷物の上に座り、施餓鬼棚に向かっていました。堂内で僧侶が読経《どきょう》の後、塔婆《とうば》を読み上げると、施餓鬼棚の脇に立っていた墓若《はかわか》勢《ぜ》と呼ばれる二人の若者が、「花水《はなみず》あげます」「茶湯をあげます」と言いながら、棚の中心に置かれた「三界萬霊塔《さんがいばんれいとう》」に交互に水をかけていきます。

供養が終わると、参拝者は、袋を手にした地域の子どもたちに「お願いします」と

それぞれの堂の前にある
施餓鬼棚には菓子や花やだんごなど
思い思いの供物が捧げられる
山頂では施餓鬼供養が行われ
僧侶の読経と説法の声が静かな山に響く

声をかけられることになります。子どもを餓鬼の化身《けしん》であるヤッコに見たて、一人一人の袋に小銭を入れ、下山するのです。

子どもはヤッコとして、若者は墓若勢や、山の警護と取り締まりをする六尺の棒を持った棒役として山に登り、女性は冷たい飲み物などを用意し、世話人は酒を酌《く》み交《か》わし、死者に杯《さかずき》を捧《ささ》げます。そこに死者も集い、共同体の一員として、三森山で共に過ごします。この二日間は、亡くなった人の霊が三森山に集まり、生者と死者が触《ふ》れ合うことができると信じられているのです。

大施食供養

曹洞宗の禅寺に
弁財天や稲荷が祀られている

光星寺

「三ヶ沢のもり」は光星寺《こうしょうじ》の裏手にあり、庄内平野を挟《はさ》んで三森山の向かいに位置しています。

光星寺は、庄内町では唯一の神仏習合《しんぶつしゅうごう》の寺院で、真っ赤な鳥居と大きな狐像がある庄内札所三十三観音霊場第六番札所です。モリ供養は八月二十一〜二十三日の三日間行われ、寺院で受付を済ませ、もりに建つ「光明堂」で供養をしてもらうのです。

境内には、珍しい白い狐に乗った観音の像がたくさんある——山形県庄内町・光星寺

鳥になって

柳美里

死に目には遭《あ》えなかった。

いつ危篤《きとく》になってもおかしくない容態だ、と主治医に宣告されてから丸一ヵ月間、生後二ヵ月だった息子を友人夫妻に預けて病院に泊まり込んでいたのに、自宅マンションに帰った僅《わず》かな隙《すき》に、東由多加《ひがしゆたか》は息を引き取ってしまった。

死期が近いことは本人には隠していた。

癌《がん》の急激な進行によって両肺に胸水が溜《た》まり、東は息をすることに苦しんでいた。

喘息《ぜんそく》の発作だ、と主治医に嘘《うそ》を吐《つ》いてもらうと、東はそれをすんなりと信じた。

東は七歳の時に、母親を喘息の発作で亡くしていたのである。

「ほとんど記憶のない母親から、今になって喘息を受け継ぐとはね」と、東は甘やかな声で呟《つぶや》き、柩《ひつぎ》の中の死者のように両瞼《まぶた》を閉《と》じて胸の上で両手を組んだ。

母親と一体化しようとしているようにも見えた。

四月二十日だった。

わたしは位牌《いはい》を持って車に乗り込んだ。

車は、東を乗せた霊柩車《れいきゅうしゃ》の後を追って動き出した。

霊柩車は焼き場へと向かうなだらかな坂道をゆっくりと上り、濃いピンク色の花びらを舞い上がらせていた。

花びらが何枚も何枚もフロントガラスを滑《すべ》り落ちていった。

染井吉野《そめいよしの》はもうとっくに散っていたが、八重桜は満開を過ぎて咲き零《こぼ》れていた。

東の骸《むくろ》は花吹雪の中を運ばれているのに、東の目はもう桜を見ることができない。

そのことが悲しくてやりきれなかった。

花見がしたい、と東は病室の壁に掛けられたカレンダーの四月の桜の絵ばかり見上げていた。

我が家では白いカレンダーを使っている。

桜の絵はないけれども、カレンダーが四月に変わると、東と最後の花見をすることができなかった、という悔いでわたしの心は塗り潰《つぶ》される。

十七年が過ぎた今年の春も、わたしの心には悔いしかなかった。

東の誕生日は、五月十二日である。

あと二十二日で五十五歳の誕生日だったのに――、という悔いも大きい。


最初に霊能者《れいのうしゃ》のもとを訪れたのは、東の五十五歳の誕生日の五日後だった。

恵比寿の駅前にある細長いビルだった。

最上階の角部屋のブザーを押すと、扉を開けてくれたのは、わたしよりいくつか歳上《としうえ》に見える細身の女性だった。

白い開襟《かいきん》シャツにスモークピンクのタイトスカートを穿《は》いていた。

ガラスのローテーブルの上にはチューリップ畑や砂浜や貝殻などの絵葉書が並べられていた。

「その中からお好きな絵葉書を一枚取って、裏に亡くなった方のお名前と生年月日を書いてください」

1945年5月12日　東由多加

彼女は、わたしの背後《はいご》をじっと見て、口を開いた。

「あなたと二人で書いていきたい、と言っています」

わたしは号泣した。

「あなたと東さんは前世ではずっと血縁関係だったんです。親子だったこともあるし、兄妹《きょうだい》だったこともある。現世だけですよ、血の繋《つな》がりがないのは。来世では、あなたが姉、東さんが歳の離れた弟でしょう」

わたしはハンカチで顔を拭《ふ》き、呼吸を整えて席を立った。

ビルから出て、恵比寿駅に向かって歩きかけて、三軒隣の花屋の前で歩を止めた。

ジョウロでビオラの鉢に水をやっていた店主の男性の顔を見て、同じ店で桜を買ったことを思い出した。

三月の初めだった。

「こんな時期に桜なんて咲いているんですか？」

「これは彼岸桜といって他の桜より早いんだよ」

東の病室に持って行こうと思って買ったのだけれど、タクシーの中で「彼岸桜」という名前に不吉なものを感じて、洗濯と仮眠のために一時帰宅するだけだった自宅に飾っておくことにしたのだった。


東の死後、わたしは霊能者のもとを訪ね歩いた。

韓国のムーダン（シャーマン、霊媒者《れいばいしゃ》）にも三人会った。

当時の大統領夫人も訪ねたことがあるという有名なムーダンの家を訪ねて、東の魂を降《お》ろしてもらった。

「眼鏡《めがね》がほしいと言っている。眼鏡は車の中に忘れた。車の中を探してほしい」

と彼女は両手で喉《のど》を押さえて苦しがったが、東は眼鏡をかけたことは一度もなかったし、車の免許も持っていなかったし、喉の痛みを訴えたこともなかった。


それからしばらく、わたしは霊能者を訪れることをやめていた。

東日本大震災と原発事故が起きて、わたしの中に大きな裂《さ》け目が生まれた。自己解体の危険を孕《はら》むような大きな裂け目だったが、わたしは裂け目を繕《つくろ》うのではなく、裂け目を広げて自分を引っ繰り返すことを選んだ。

二〇一一年四月から原発周辺地域に通い、二〇一五年四月には当時十五歳だった息子と夫と三人で、福島県南相馬市に移住した。

ようやく荷物が片付いたのは、夏休みに入ってからだった。

その年の盂蘭盆会《うらぼんえ》、わたしは青森県の八戸《はちのへ》に向かっていた。

現役最高齢(当時八十三歳)のイタコである中村タケさんに東由多加の口寄せをしてもらうためだった。

タケさんは全盲だった。

「おれは、鳥の姿で、いつもあんたの傍《そば》にいる。ずっと、鳥の目であんたを見ている。あんたの身になにか危険が迫っている時は、元気な頃の姿で夢の中に現れるから、注意をしてほしい」

わたしのことを「あんた」と言う、その語り口が東と似ている気がした。
東の死後、わたしはぽつんと一羽でいる鳥が目に入るたび、立ち止まっていた。
鳥の姿を追いかけていた。
鳥の声に耳を澄ましていた。
キジバト、コジュケイ、スズメ、ツバメ、ウソ、カラス……
恵比寿の霊能者が言っていたように、来世では姉と弟として相会《あいあ》うのかもしれない。
でも、わたしは、この生のうちに、もう一度、東と話したい。
東は、わたしが生きているうちは、鳥の姿でわたしを待っているのだろうか。
ならば、一度でいいから、鳥になって、東と囀《さえず》りを交わしたい。

Ⅳ 土地に残る記憶

海渡神社《みわたりじんじゃ》

福島県大熊町小入野《こいりの》地区には、海渡神社という小さな神社があります。

東京電力福島第一原子力発電所の事故が起こる前は、毎年、境内で盆踊りが催《もよお》されていました。共同体の公的な空間として、地区の人々が大事に守ってきた社《やしろ》です。

海渡神社が建つのは、丘陵地の南側、谷戸に面したきわで、境内の西側からは「うつくしま百名山」にも選ばれた阿武隈《あぶくま》高地の日隠山《ひがくれやま》を望むことができます。標高六〇一・五メートルの日隠山は町の西南部にあり、町内から眺望《ちょうぼう》できる、いちばん高

海渡神社

地区の北東にある木の根坂に建てられた石田藤兵衛の墓
人々は地区を疫病から護った先祖を大切にしている
——大熊町大川原地区

い山として地元の人に親しまれています。

境内の外《はず》れには倒れた板碑《いたひ》があることから、神社になる前は寺院であったと考えられ、近世以前から、聖なる場所だったと想像できます。

現在、海渡神社を含む一帯は、中間貯蔵施設建設予定地になっています。

地元の方々は、先祖の思い、歴史を後世に伝えるため、国に対して文化遺産として保存することを要望しています。営々と維持されてきた地域の営み、祖先との繫《つな》がりを簡単に壊してよいはずはなく、神社のほか、墓所なども含め、ぜひ残してほしいものです。

郷土史家の鎌田清衛さんの
調査によって
春分の日と秋分の日の年二回
海渡神社の本殿と
日隠山の頂に沈む太陽が
一直線に結ばれることが
確認された

家の出入口は開いたまま、窓は割れっぱなし
荒れ果てた家屋や倒れた墓石が
今なお、誰人も踏み込めない現状を物語っている

津波で
行方不明になった
木村汐凪ちゃんのために
建立された汐凪地蔵
——福島県・大熊町

無人の町には
あの日のままの日常が
取り残されている
――福島県・大熊町

主のいない家の
広い庭には雑草が生い茂り
柿の実が
たわわになっている
——福島県・大熊町

大熊町と双葉町に
立地している
東京電力
福島第一原子力発電所

線量計の赤い文字は高い数値を示していた——福島県・大熊町

梨の花

柳美里

福島県双葉郡大熊町を案内してくださったのは、郷土史家の鎌田清衛《かまたきよえ》さん（七十四歳）だった。

大熊町は、レベル７の過酷《かこく》事故を起こした東京電力福島第一原子力発電所の立地自治体として全国的に有名になった。

けれど、原発の誘致《ゆうち》から事故までは、僅《わず》か五十年の出来事に過ぎない。

大熊町の史跡を探訪することによって、原発以前の長い歴史と接点を持ち、その地で生きて死んだ人々の姿を想像したい、と思ったのである。


二〇一六年十月十七日。

午前中は、大熊町大川原連絡事務所に程近い大山祇《おおやまづみ》神社を訪れ、樹齢五、六〇〇年はあるという六本杉を見上げながら、相馬中村藩が隣の三春《みはる》藩と国境を争った

「三春論山事件」のお話をうかがった。

その後、疫病《えきびょう》から村を護《まも》るために鎧兜《よろいかぶと》姿で村の鬼門《きもん》である木の根坂に葬《ほうむ》られた石田藤兵衛《とうべえ》の石碑を参詣し、大川原連絡事務所に戻って昼食をとった。

昼食後に、鎌田さんはクーラーボックスから大きなタッパーを取り出し、蓋《ふた》を開けた。

「これは栃木県の梨で、わたしも作っていたあきづきという品種です。食べてください」

鎌田さんは、大熊町で五十年間梨を作り続けた果樹農家でもある。

「皮肉なんですが、大熊町民は避難先でよその梨を食べて初めて大熊の梨の美味《おい》しさに気付くんです。がっかりして悲しくなるから、避難先では梨を食べないという人も多いんですよ。大熊の梨は、もう二度と食べられないのに、一人一人の舌の味《み》蕾《らい》に美味しさが記憶されているんです」

鎌田さんにとっての「よその梨」は、きれいに形を揃《そろ》えて剝《む》いてあった。

「わたしは、ものを書くということを仕事に選んで今年で三十年になります。鎌田さんはさらに二十年長く梨作りを続けられていたわけですよね……大熊の梨は、どんな特徴があったんですか?」とわたしは訊《たず》ねた。

「果肉が柔らかくて、甘くて、瑞々《みずみず》しくて、日持ちがするんですよ」

わたしは、鎌田さんの顔を見ずに「よその梨」に楊枝《ようじ》を刺した。

鎌田さんの著書『残しておきたい大熊のはなし』(歴史春秋社)によると、最初の十年間は失敗と模索《もさく》の繰り返しだったそうだ。

最高品質の梨が作れるようになった頃に原発の建設ラッシュが始まり、離農して原発関連の仕事に就く若者が増えていった。

しかし、それでも、鎌田さんたち梨農家は、「フルーツの香りただようロマンの里」という大熊町のキャッチフレーズを生かすために、香り高いラフランスやルレクチェなどの洋梨を作ることに挑戦する。洋梨の花芽《はなめ》を充実させるのには、和梨よりも長い年月を要したが、ようやく二〇〇一年頃から軌道に乗せることができた。手間も費用もかかる有機栽培で、いちばん美味しい頃合《ころあい》で食べてもらうために小売店には棚置きせず、口コミでの限定販売に拘《こだわ》っていた。

五十年間たゆまぬ努力を続け、日本一美味しい梨を作っていた、という強い誇りを持っていたからこそ、原発が爆発して梨畑に放射能が降《ふ》り注いだ瞬間、「終わった」と思ったそうだ。

鎌田さんは現在福島県須賀川市で避難生活を送り、梨作りはしていない。

「もう、あの梨は食べられないの？」と大熊町民に訊ねられると、「食べられません。幻《まぼろし》の梨になってしまったんです」と答えているそうだ。

鎌田さんのご自宅と梨畑がある小入野《こいりの》地区は、原発から三キロ地点に位置し「帰還困難区域」に指定されている。

さらに、小入野地区は「中間貯蔵《ちょぞう》施設」の建設予定地でもある。

東京電力福島第一原子力発電所の立地自治体である大熊・双葉両町の一六〇〇ヘクタールに建設が進められている「中間貯蔵施設」は、放射性物質に汚染された土や廃棄物を三十年間保管するための施設である。

午後は、大川原スクリーニング場に立ち寄って線量計を受け取り、白い防護服、髪カバー、マスク、靴カバー、ゴム手袋を装着《そうちゃく》した。

そして、国道6号線の東側の「中間貯蔵施設」予定地内にある史跡を見て歩いた。車は、鎌田さんの梨畑の前を通り過ぎた。

背高泡立草《セイタカアワダチソウ》の黄色に呑《の》まれて枯死《こし》している梨の木、「中間貯蔵施設」の準備のためか根元から伐《き》られている梨の木――。

「中間貯蔵施設」予定地の地権者である鎌田さんは、国との土地売買の交渉に現時点では応じていない。

「中間貯蔵施設が最終処分場にならないと、国から明確に示されない限り、土地の権利を手放すことはできない、という地権者もぽつぽつ出てきています。お金の問題ではありませんよ」と鎌田さんは静かに仰《おつしや》った。

鎌田さんは、交渉条件として、先祖代々大切に守り続けた墓所と神社を保全することを挙げたそうだ。

「それを伝えたら、先方からの連絡が途絶《とだ》えたんです。きっと、面倒臭い奴《やつ》だから後回しにしようってことなんでしょうね」

わたしたちは、鎌田さんのお話を聴きながら海渡《みわたり》神社の社殿前に立った。

「一年のうちのたった二度だけ、春分の日と秋分の日に、ここから日隠山《ひがくれやま》の山頂にお日様が沈むのが見えるんです。三〇代の頃から日隠山の名の由来を考えはじめ、六十歳の時にようやく突き止めたんですよ。お金の問題ではないんです。中間貯蔵施設になる地域住民の気持ちは、同じ大熊町民でも、地域外の人には解《わか》らないと思いますよ」と、鎌田さんは日隠山を仰《あお》ぎ見た。

　わたしは、どうしても鎌田さんのご自宅を見せていただきたくて、今年（二〇一七年）一月に再び同じ地域を鎌田さんにご案内いただいた。

　鎌田さんのご自宅の敷地内にある梨の箱詰めなどを行う作業部屋の入口には、梨の収穫・販売予定の貼紙《はりがみ》があり、それぞれの品種の特徴を丁寧《ていねい》に記してあった。

「和梨代表　果肉柔らかく残暑の時期で日持ちよくない／果汁たっぷり　甘さと酸味ほどよくミックス／新しい品種　大玉で肉質極上《ごくじょう》　香りもあり瑞々しさ抜群／福島県育成のオリジナル品種　肉質極軟らかで甘い　大玉形よく貫禄《かんろく》あり／和梨の中で一番甘ぁ〜ぃ梨　病気に弱く栽培がむづかしい／甘酸っぱく多汁　コタツに入って食べるのに最適／超大玉　１個１ｋｇ以上もあり　歳暮《せいぼ》用品に最適」

鎌田さんの梨畑を歩くと、梨の木に花芽が付いているのが見えた。梨は甘く瑞々しい実にばかり注目が集まるが、春、桜の花が散った後に、染井吉野《そめいよしの》よりも白い、雪のように真っ白な花を咲かせる。花弁は五枚、雄しべに付いている花粉はピンク色をしている。花粉交配は一つずつ全て手作業で行う。梨の木の「慰《なぐさ》め」「癒《いや》し」という花言葉が、陰のように心を過《よ》ぎった。

イノシシが突進して壊《こわ》したというガラス戸から、鎌田さんの家の中を覗《のぞ》くと、にこやかな垂《た》れ目の大きな恵比須様がコタツの天板の上に鎮座《ちんざ》していた。畳の上はネズミの糞《ふん》だらけだったので、鎌田さんが抱きかかえて避難させたのだろう、と想った。

「父が大事にしてたんですよ」と鎌田さんは仰った。

車に戻ると、鎌田さんの梨畑の奥から大きなイノシシが近寄ってきた。

「見る影もないです」という鎌田さんの言葉に、わたしは相槌《あいづち》を打つことすらできなかった。

熊川地区の丘の上に慰霊碑《いれいひ》と小さな地蔵菩薩を建立《こんりゅう》したのは、津波で家族三人を亡くした木村紀夫さん(五十歳)である。

木村さんと鎌田さんとは縁戚関係にある。

原発から南に約三キロ、熊川海岸から一〇〇メートルの場所に、木村さんが家族六人で暮らしていた家はあった。

二〇一一年三月十一日二時四十六分、木村さんは隣町の職場で、大きな揺れに見舞われた。

地震後、近所の児童館にいた次女の汐凪《ゆうな》ちゃん(七歳)を、木村さんの父親の王太朗《わたろう》さん(七十七歳)と妻の深雪《みゆき》さん(三十七歳)がそれぞれの車で迎えに行き、三人は避難の途中で津波に巻き込まれたとみられている。

日暮れ前に自宅に辿《たど》り着いた木村さんは、夜通し三人を捜し続けたが、翌朝、原発事故による避難指示が出たため、長女(十五歳)と母親(七十七歳)を連れて避難せざるを得なかった。

自宅近くで王太朗さんが、いわきの海上で深雪さんが発見されたのは、四月のことだった。

汐凪ちゃんだけが見つからなかった――。

木村さんは転居先の長野県白馬村《はくばむら》から休みのたびに大熊町を訪れ、汐凪ちゃんを捜している。

津波で基礎しか残っていない自宅周辺で、汐凪ちゃんが迷子《まいご》にならないようにと、慰霊碑の前には、暗くなると自動的に明るくなるソーラーイルミネーションが設置されていた。

昨年十二月二十二日、熊川海岸近くで見つかった歯の付いた顎《あご》と首の骨の一部が、ＤＮＡ鑑定で汐凪ちゃんのものだと判明した。

木村さんは、汐凪ちゃんの体の全てを見つけ出すまで捜索《そうさく》をやめない、と言っている。

「中間貯蔵施設」予定地には、鎌田さんの梨畑とご自宅があり、母校があり、神社があり、墓地があり、海岸付近に散らばってしまった汐凪ちゃんのご遺体がある。

津波と原発事故によって奪《うば》われたもの、亡くした人を、捜し、悼《いた》み、悔やむことを「中間貯蔵施設」建設によって剥奪される——、「中間貯蔵施設」予定地は、全ての「倫理」が行き止まりになる場所である。

無人の故郷、山、川、家、墓に、死者の魂は在るのだろうか？

「帰還困難区域」に、死者の魂が帰ることのできる場所は在るのだろうか？

「中間貯蔵施設」予定地に、死者の終《つい》の住処《すみか》は在るのだろうか？

金山城、
丸森城と並ぶ
伊具三城の一つ
――宮城県・丸森町

小斎城《こさいじょう》

丸森・小斎城

宮城県と福島県の県境に位置する丸森町《まるもりまち》周辺は、戦国時代には伊達《だて》氏と相馬氏の領地争いの地でした。

小斎城と金山城、丸山城は伊具《いぐ》三城と呼ばれ、この地の守りの要《かなめ》として築城されました。

三つの城を相馬氏が領有していた天正四年（一五七六年）、伊達氏は奪還《だつかん》を目指して、小斎城から約一キロの地に、平城・矢ノ目《やのめ》館《だて》を設け、小斎城攻略を開始します。

平成二十五年（二〇一三年）に城跡の高台に建てられた小斎の物見櫓《ものみやぐら》からは、戦国時代は沼地だったと思われる水田、金山城と丸山城が築かれたそれぞれの丘、阿武隈《あぶくま》川《がわ》、遠くに蔵王山系《ざおうさんけい》を見ることができます。

小斎城は伊達と相馬の攻防拠点であった

物見櫓からは、角田から丸森にかけての盆地が一望できる

水田の中には木立に囲まれた矢ノ目館跡地も確認でき、中の様子が目視できるほど近いことに驚かされます。

小斎城城主・佐藤好信《よしのぶ》は、伊達軍を寄せつけない奮闘をみせますが、天正七年(一五七九年)、同じ相馬家の家臣・桑折《こおり》左馬助の讒言《ざんげん》によって失脚《しっきゃく》、失意のうちに死去します。

跡を継いだ息子の為信《ためのぶ》は、父の恨《うら》みを晴らすため、伊達氏の誘いに乗って、相馬家を裏切ることを決意。天正九年(一五八一年)、援軍を引き連れて小斎城にきた桑折左馬助を斬《き》って伊達氏に寝返ったのです。

その後、天正十二年(一五八四年)の伊達と相馬の和睦《わぼく》から幕末まで、佐藤氏は領主としてこの地を治めました。

この佐藤家は、わたし(佐藤弘夫)の祖先で、祖父の代までは、相馬中村藩領に足を踏み入れることができなかったといいます。

わたしは父の仕事の関係で仙台に移る十歳まで、丸森に住んでいました。

小斎地区には鹿島《かしま》神社があり、的中率によってその年の作柄を占う「奉射祭《ほうしゃさい》」が毎年行われています。

わたしが子どもの頃は、鹿島神社の祭りのため、地区の人たちは、何カ月もかけて橋や道を整備するなどの準備を進めました。当日は、学校が午後から休校になり、祭りは村をあげての一大行事でした。村全体がカミのために共に働く中で、毎年、共同体の絆《きずな》が更新されていたのです。

境界の城

柳美里

佐藤弘夫さんは、小斎城のある宮城県丸森で生まれ育った。

丸森は、福島県と宮城県の県境にあり、かつては相馬中村藩と仙台藩の国境にあった。

小斎城は相馬中村藩にあったが、佐藤さんのご先祖である佐藤為信《ためのぶ》の「裏切り」によって、仙台藩領となる。

相馬中村藩にとっては「裏切り」だが、佐藤為信にとっては父・好信《よしのぶ》の無念を晴らすための「仇討《あだう》ち」だった——。

佐藤家は、源義経の四天王として名高い佐藤兄弟の末裔《まつえい》である。

源平合戦の屋島《やしま》の戦いで源義経の身代わりとなって射抜かれて死んだ兄の佐藤継《つぐ》信《のぶ》、義経が吉野山で山僧《さんそう》に攻められた時に身代わりとなって奮戦し、翌年京都で敵に囲まれ自刃《じじん》した弟の佐藤忠信《ただのぶ》——。

佐藤兄弟の死から三〇〇年の歳月を経て、その血を引く佐藤好信は相馬顕胤《そうまあきたね》に仕《つか》え、標葉郡《しねはぐん》山田（現在の双葉郡双葉町）と行方郡《なめかたぐん》大亀（大甕《おおみか》）・萱浜《かいばま》・雫《しどけ》（現在の南相馬市原町区）を領地としていた。顕胤の子・盛胤《もりたね》の代には軍奉行を務め、宇多郡磯部《うだぐんいそべ》・蒲《かば》庭《にわ》・柚木《ゆぬき》・日下石《にっけし》・立谷《たちや》・富沢《とみざわ》（現在の相馬市）を加増されて、相馬の海辺にある磯部城の主となり、長男の清信に行方郡の三邑《ゆう》を分与した。

二男の為信は、仙台藩の出城である小斎城を襲って奪取し、城代に任命されていた。

佐藤父子《おやこ》は、相馬中村藩の重臣だったのである。

しかし、好信の出世を妬《ねた》んだ桑折《こおり》左馬助による讒言《ざんげん》を、相馬盛胤は信じてしまう。軍奉行を罷免《ひめん》され、領地三邑を没収された好信は失意の底で病に倒れ、「桑折左馬助を討て」という遺言を息子に託してこの世を去る。享年八十八。

父の死から約二年が経った一五八一年の春のことだった。仇討ちの機会をうかがっていた為信は、桑折左馬助と金沢美濃（為信の義弟）が手勢約一〇〇人を引き連れて、城番の交替に訪れるという報《しら》せを受け、この好機を逃すことはできない、と覚悟を決める。為信の家臣団約二〇〇人は、今こそ城主の恨《うら》みを晴らさんと、相馬からの援軍を皆殺しにする（成り行き上、親類の金沢美濃まで斬殺《ざんさつ》してしまった罪悪感からか、小斎城の南麓《なんろく》には金澤大明神が祀《まつ》られている）。

為信は城ごと伊達方へと寝返る。これによって小斎という要衝《ようしょう》を取り戻した仙台藩主・伊達輝宗《だててるむね》は、為信に小斎城と一千石を与える。

佐藤好信の長男である清信《きよのぶ》は、父の仇討ちには加わらず、相馬中村藩に残った。

父の死後、兄弟間でどんな話が交わされたのかは、記録がない。

弟の為信は、相馬領にある父の墓所に仇討ちの報告をすることも、生まれ育った磯部の懐かしい風景を目にすることもできなくなったばかりか、伊達と相馬の境界の城で、緊張の途切れることのない戦いの日々に刻まれることになる。

一方、兄の清信は、父の仇を討たなかったという負《お》い目と、弟が謀反《むほん》を起こして敵方に寝返ったという汚名と、いつ伊達に内通してもおかしくないという疑いの眼《まな》差《ざ》しの中で、相馬中村藩の家臣として生きなければならなかった。

一五九〇年四月二十三日、清信は新地における伊達軍との合戦で討ち死にする。

翌一五九一年六月二十四日、弟の為信は一揆《いっき》を鎮圧するために佐沼城に向けて先陣を切り、八幡座（兜《かぶと》の頭頂部にある髻《まげ》を通す穴）を射抜かれて討ち死にする（その時、為信が身に着けていたと伝えられる甲冑《かっちゅう》と臑当《すねあて》が、小斎城の北側にある鹿島神社に保管されている）。

伊達と相馬に分かれて戦うことになった佐藤兄弟は同じ時期に討ち死にしているのである。

為信が、兄清信の死を知らなかったはずはない。

いや、相馬方の最前線に立っていた兄を討ったのは、伊達方の最前線に立っていた弟の手勢だったのではないか——。

父好信の享年から推定すると、二人が討ち死にした年齢は、六十歳から七十歳ぐらいだと思われる。

「死に場所を探していたんじゃないかな……」と、佐藤さんの眼差しは時間の外《そと》にはみ出していくようだった。

その日のうちに松島に行かなければならず、丸森をゆっくり歩く時間はなかったのだが、佐藤さんの足は上へ上へと登っていった。

「これは空堀《からほり》。一〇メートルはある。すごいでしょ？　ここはほら、周囲にぐるっと土塁《どるい》が巡っているでしょう。搦手門《からめてもん》や陸橋もあるし、南北は断崖になっているし、どうしたら攻め込まれないかを考え抜かれた造りになっていますね」

本丸だった場所には小斎城跡地を示す石碑が建立《こんりゅう》されていた。

草刈機の音がした。木々の間から丸森の住民たちの姿が見えた。

「史跡として整備をしているんですね。ここは、丸森の人にとって大事な場所なんですね」と言って、わたしは佐藤さんの横顔を見たが、佐藤さんはそれ以上、丸森住民に近付くことはなく、彼らに名乗ることもしなかった。

丸森は「一村百姓なし」と言われた全戸が武士の集落だった。

平時は田畑を耕しているが、いざ事が起きたら、鍬《くわ》や鋤《すき》を弓矢や刀に持ち替えて、東西に長く伸びた尾根に築かれている小斎城に集結した。

佐藤家の人々は、相馬中村藩においても仙台藩においても代々武闘派で通し、仙台藩では若年寄、江戸留守居役、奉行職、家老にまで上り詰めた。伊達政宗以来の縁戚や譜代の家臣団がひしめく仙台藩にあって、獅子奮迅《ししふんじん》と武功を立てることによって、その地位を自ら押し上げていったのである。

明治四年（一八七一年）に廃藩置県となり、小斎城の城主、佐藤恒信《つねのぶ》は小斎邑の邑《ゆう》主《しゅ》となる。

明治八年（一八七五年）六月、数日間降りつづいた豪雨によって広瀬川が氾濫《はんらん》し、橋という橋が流され、住民は対岸との連絡を絶たれ孤立する。

佐藤恒信は、仙台藩時代、水練師範を務めていた。「よし、おれが行く！」と、恒信は茶色く渦巻く広瀬川に飛び込んだ。

川の真ん中まで泳いだ時に、大きな流木が頭を直撃し、恒信は濁流《だくりゅう》に呑《の》まれる。

遺体は、はるか下流で見つかった。

訃報を受けた小斎の人々は、遺体に取り縋《すが》って泣いたという。享年五十五。

佐藤家の人々は、無謀、無鉄砲、自殺行為ともとれる行いによって落命することが多い。

「なぜなんでしょうか？」と訊《たず》ねると、佐藤弘夫さんはこう答えた。

「一〇〇人の味方と、罪のない義弟を斬殺した罪の意識が、一族一人一人の心に影のように染み付いているのではないか」

佐藤さんは、子ども時分《じぶん》によく車道の曲がり道で仰向けになってじっとしていたという。

車を運転する人は、まさか曲がり角の向こうに子どもが横たわっているとは想像だにしないだろう。

車がきたら、死ぬ。

こなかったら、生きる。

あと五分、いや十分だけ、こうしていよう――。

佐藤さんの心にも、罪の影は根を伸ばしている。

佐藤さんにとって、四三六年前の春は、遠い春ではない。

佐藤好信、佐藤為信は、遠い人々ではないのだ。

一人の人間は、一つの生涯の記憶のみで存立しているのではない。

その一人に連なる夥《おびただ》しい死者たちの記憶の複合体である。

記録がなにも残されていないとしても、死者たちの記憶は内なる声として響《ひび》いている。

わたしは、境界の城、小斎城を舞台にした小説を書きたい、と思っている。

わたし自身、日本人でもない、韓国人でもない、「在日韓国人」という境界に立っているからだ。

わたしの苗字は、柳である。

柳は、村や町の外《はず》れに植えられ境界の目印とされたり、橋の袂《たもと》や遊廓《ゆうかく》の出入口に植えられ、異界との境を示す象徴として見られた。

柳の下に幽霊《ゆうれい》や妖怪《ようかい》が出没すると言い伝えられているのは、柳が境界の木だからだ。


境界に立つということは、つらいことだ。

時には、引き裂かれ、立ち続けることができずに頽《くずお》れることもある。

でも、境界に立つ者にしか見えないものは、必ず在る。

それを、与えられた時間の内で、可能な限り、純化し、深化して、伝えたい。

佐藤さんがお逢《あ》いするたびに口にする言葉がある。

「やるべきことがあるうちは、死なないと思う。それをやり終えた時は、死が向こうからやってくる」

Ⅴ 生者・死者・異界の住人

北上山地の
中ほどに位置する遠野は、
かつて南部氏の盛岡藩と
伊達氏の仙台藩が
接する藩境であった
——岩手県・土淵町山口デンデラ野

遠野《とおの》

遠野南部家の
城下町として栄えた
この地の街道には、
穀物や
海産物を積んだ馬が
列をなしていた

コンセイサマは家ごとに祀られた神であり、子宝や豊作、また婦人の腰の病に利益があると伝えられている

一〇〇年前に
柳田國男が見た風景は、
現在も存在している

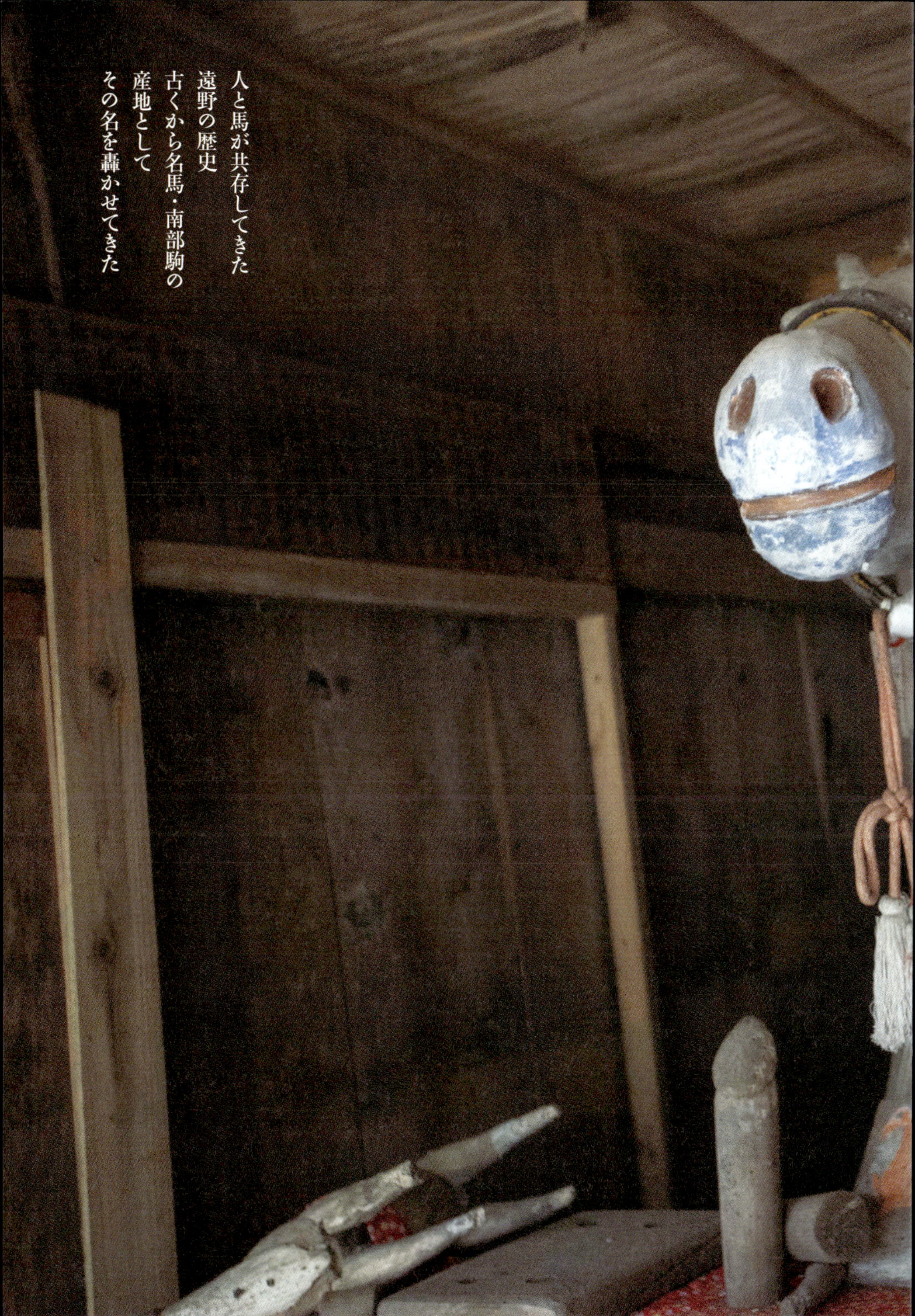

人と馬が共存してきた
遠野の歴史
古くから名馬・南部駒の
産地として
その名を轟かせてきた

カッパ狛犬

昔、たくさんのカッパが棲んでいたとされる「カッパ淵」
――遠野市土淵町・常堅寺

岩手県遠野市は、柳田國男《やなぎたくにお》の『遠野物語』の舞台として知られています。遠野で生まれ育った佐々木喜善《きぜん》が語る伝承《でんしょう》をまとめた『遠野物語』には、山の神やザシキワラシ、カッパ、天狗《てんぐ》、幽霊《ゆうれい》、馬などが登場し、当時の人々の豊かな精神世界を教えてくれます。

デンデラ野とダンノハナ

『遠野物語』には、デンデラ野とダンノハナという地名についての話が載《の》っています。

「……略……、ともにダンノハナという地名あり。その近傍に之と相対して、必ず蓮台野という地あり。昔は六十を超えたる老人をすべてこの蓮台野へ追い遣《や》るの習いありき。老人はいたずらに死んで了《しま》うこともならぬ故に、日中は里へ下り農作して口を糊《のり》したり。そのために今も山口土淵辺にては朝に出づるをハカダチといい、夕方野らより帰ることをハカアガリといえり」（『遠野物語』Ⅲ）

デンデラ野（蓮台野）は、姥捨《うばす》ての地ではありますが、元気なうちは農作業を手伝い、老人たちが肩を寄せ合い共同生活を送

「姥捨て」の伝説は全国に分布する

る、老人ホームのような感じがします。デンデラ野は、老人たちが人生最後の時を過ごす彼岸との境界ともいうべき地です。『遠野物語拾遺』には、人が死ぬ時、男性ならば馬を引いて山歌を歌いながら、また、馬の鳴輪《なるわ》の音をさせながら、女性ならば小声で歌ったり、すすり泣き、あるいは声高で話しながら、夜更《よふ》けにデンデラ野を通《とお》っていくという話があります。デンデラ野は、死にゆく人が通る、この世とあの世を繋《つな》ぐ道でもあるのです。

デンデラ野は農道から折れ、少し坂道を上ると現れる広い草地です。ここからは、山口の集落が見え、その向こうには、今は共同墓地になっているダンノハナのある山が見えます。『遠野物語』で語られるとおりの構図です。

老いのエリア・冥界《めいかい》への通り道であるデンデラ野と、死者の世界・ダンノハナと、若い人々が住む集落は、遠く隔《へだ》てられてはいないのです。やがては老人となり、死者（祖先）となって子孫を見守るという道程が一望できるのです。

小友西来院

遠野の小友西来院《おともせいらいいん》には供養絵額が飾られています。供養絵額は、亡くなった家族の幸福な死後のひとときを描いたもので、奉《ほう》納《のう》時期は江戸時代末期から大正時代です。家族団欒《だんらん》の様子、書斎でくつろぐ男性、子どもと遊ぶ姿……。日常の何気《なにげ》ない様子なのですが、よく見ると、手を伸ばせば届きそうな、現実よりも少しばかり豊かな暮らしが描かれています。ムカサリ絵馬と同様に宗教的な要素は少なく、俗世の延長線上にある死後の世界です。

西來院

近代化は生と死の間に明確な境界を設け、死者をその彼方に押し込めようとするプロセスでした。

その結果、死後の世界は誰も経験したことのない、ひたすら忌避《きひ》すべき暗黒の領域に変わりました。少しでも長く、人をこちら側に引き留めることが、現代医療の最終的な目的になりました。

かつて三島由紀夫は、「『遠野物語』には、無数の死がそっけなく語られている」と評しました。けれども『遠野物語』や供養絵額にみる遠野の死者の世界には、わたしたちが爬虫類《はちゅうるい》に触れた時に感ずるような、あの得《え》も言われぬ違和感と恐怖を覚えることはありません。むしろ、人が目に見えぬものに柔らかく包み込まれていた、近代以前の伝統世界に繋がっているように思われるのです。

色鮮やかな供養絵額が数多く
所蔵されている
——遠野市・小友西来院

春、大きな樹の下で……

柳美里

春樹は「チュンス」と読む。

一つ下の弟だけ日本語読みでは呼ばれなかった。

「長男だから」という理由だった。

しかし、そう言う父は、柳原孝《ユウウォンヒョ》とは名乗らずに「やなぎ・げんこう」や「やなぎはら・たかし」という通名を使い、母もまた、本名の梁栄姫《ヤンヨンヒ》を名乗ったことはなく、「やながわ・えいひ」か「やなぎ・よしこ」と名乗ることが多かった。

（演劇をやっていた一〇代の頃、所持金が尽きて母に郵便局の局留めで送金をしてもらったことがある。母がどの名前を使用したかわからないので、送金者の欄に何通りかの名前を書いたところ、局員に咎《とが》められ口論になったことがあった。母に電話をして訊《き》けば簡単に済んだ話だったのだが、「なんて名前を使ったの？」と訊《たず》ねたら、わたしも母も傷付く気がしたのだ）

わたしと妹は、日本語でも朝鮮語でも同じ読みの、美里《ミリ》と愛里《エリ》という名前を与えられた。

末っ子の春逢は、朝鮮読みでは「チュンボン」だったが、学校では「はるお」、家では「おーちゃん」という愛称で呼ばれた。

わたしは、春樹のことを「チュンス」とは呼ばずに「チュンくん」と呼んだ。「チュンス」などと呼んだら、朝鮮人だと気付かれると思ったからだ。

でも、「チュン」という音の名前も、日本ではまず「無」い。

わたしが「チュンくん、チュンくん」と呼んで遊んでいると、近所の人は「ジュンくん」と聞き違えて、弟のことを「ジュンくん」と呼ぶようになったが、本人もわたしたち家族も間違いを訂正することはしなかった。

国籍のことは、説明しないで済むならば黙《だま》っていたいことだったのである。


わたしが小学校の五年に、春樹が四年に進級する前の春休みの出来事である。

わたしたち家族が暮らしていた横浜市西区境之谷《さかいのたに》の家の近くには、久保山墓地がある。一二万六〇〇〇平方メートルの広大な墓地で、墓地の周りには比較的新しい住宅が密集していた。

（巣鴨拘置所で処刑されたＡ級戦犯七人が秘密裏《り》に火葬された久保山斎場が隣接し、墓地には関東大震災により死亡した無縁者三三〇〇人の合葬墓《がっそうぼ》と、関東大震災時に虐殺《ぎゃくさつ》された朝鮮人慰《い》霊之碑《れいのひ》があることで知られている）

わたしたち兄弟は毎日、近所の子らと久保山墓地でかくれんぼをして遊んでいた。

三月の終わりだったが、桜の花などの春の彩《いろど》りは無かった。

久保山墓地は、山全体が墓石で覆《おお》われた裸山なのである。

わたしたちは「もういいかぁい」と竿石《さおいし》に顔を伏せ、「まぁだだよぉ」と竿石や卒《そ》塔婆《とば》の陰に身を隠した。

わたしが鬼の番だった。

大きな墓所があったので、怪《あや》しいと思って後ろから回り込むと、坊《ぼっ》ちゃん刈りの弟が竿石の後ろに隠れていた。

なぜか、臙脂色《えんじいろ》の半ズボンから伸びた弟の脚のひかがみの白さが、カメラレンズでクローズアップしたように目に焼き付いている。

「見ぃつけた！」と大きな声を出すと、弟の脚は逃げようとしてよろめいた。

その瞬間、竿石が前に転んだ。

わたしたちは、叫《さけ》んだ。叫びながら走って逃げ、そのまま家に逃げ帰った。

母はキャバレーのホステス、父はパチンコ屋の釘師《くぎし》で、夜はわたしたち子どもだけで過ごさなければならなかった。

子ども時代は、夜を昼よりも長く感じた。

父母が帰ってくるまでの時間が、途方《とほう》もなく長かった。

わたしと春樹は、二段ベッドで寝ていた。

わたしが下で、春樹が上だった。

深夜零時を回っていたと思う。

ギシギシッと音がして目を覚ますと、ハシゴの上から弟の脚が垂《た》れ下がっていた。

火星や土星や宇宙船やきらきら星が描かれた空色のパジャマの脚が二本――。

トイレに行くのだろう、と思って、目を閉《と》じた。

弟はいつまで経《た》っても戻ってこなかった。

起き上がって居間に行くと、弟は母の鏡台の前に座り、なにやら呟《つぶや》いていた。

「チュンくん、なにしてるの？」と背中に向かって声をかけたが、弟は振り向いてくれない。

ふと、鏡を覗《のぞ》くと、弟の顔と見知らぬ男の顔が映っていた。

ベレー帽をかぶった、それほど年寄りではない男だったが、その顔は怒りで歪《ゆが》んでいた。

かくれんぼで倒したお墓の人だ、と思った。

わたしは、弟の腕を引っ張って、二段ベッドの一階で弟を抱きかかえて布団《ふとん》を頭からかぶり、ぶるぶる震えた。

じきに母親が帰ってきたが、お墓と鏡の男のことは黙っていた。


次の日の夜。

やはり深夜零時に、春樹がまたベッドのハシゴに足をかけた。

鏡の中からこちらを睨《にら》んでいる男の顔を想うと、全身に鳥肌が立った。

と――、玄関の扉が開く音がした。

ママかパパが帰ってきた、と一瞬ほっとしたが、家の中はしんとしていた。

チュンくんが外に出た——。

わたしはベッドから跳《は》ね起き、パジャマのままズックをひっかけて外に飛び出た。

深夜に外を歩くのは、生まれて初めてのことだった。

「チュンくぅん!」と声を出したが、夜に弾かれるようだった。

弟は、墓地へと続く細い階段を上っていた。

「チュンくん、どこ行くの?」

わたしは弟の行く手に立ち塞《ふさ》がり、肩を揺さぶったが、弟にはわたしの姿が見えていないようだった。

どうやって、弟を家に連れ帰ったのかは、憶《おぼ》えていない。

翌朝、お墓の主に謝《あやま》りに行こうと決心し、わたしは弟の手を引いて久保山墓地に向かった。

その墓の竿石は元通りに直っていた。

わたしは野原で摘《つ》んできた花束を花立《はなたて》に供《そな》えた。

たんぽぽ、ぺんぺん草、都忘れ、母子草《ははこぐさ》、野薊《のあざみ》、仏の座、勿忘草《わすれなぐさ》、蓮華草《れんげそう》、白詰草《しろつめくさ》――、春の野草だった。

二人並んで手を合わせ、ごめんなさい、どうか、お許しください、と目を閉じると、瞼《まぶた》の闇《やみ》の中で優しく頷《うなず》く男の顔が見えた。

もう怒ってはいなかった。

以来、男は鏡の中に現れることも、弟を墓地に呼ぶこともしなくなった。

春樹、春逢という名前に込められた意味を知ったのは、『8月の果て』という長編小説の取材で、母や祖父母の故郷である韓国慶尚南道《キョンサムナムド》の密陽《ミリヤン》を訪ねた時のことだった。

祖父とその家族を知る人に話を聞いて歩くうちに、祖父の弟が、朝鮮戦争前の混乱期に、共産主義運動に身を投《とう》じたことによって二十三歳の若さで殺害された、ということを知った。

祖父と弟は共に、一九四〇年に開催が予定され、戦争の激化で中止となった「東京オリンピック」出場を有力視されていたマラソンランナーだった。

弟は、南労党（南朝鮮労働党）の青年組織である民主愛国青年同盟の幹部となって、故郷の密陽を離れて潜伏《せんぷく》生活を送っていたが、おそらくランナーとして我慢できなかったのだろう、釜山《プサン》の高校の運動場で走ってしまった。密告によって警官が駆け付け、弟は脚を撃ち抜かれる。その後警察に連行されたが、家族は面会を許されなかった。他の「パルゲンイ（共産主義者の蔑称）」と共にトラックの幌《ほろ》付きの荷台に乗せられて行くのを見た、と証言する同級生がいた。山の中で生き埋めになったという噂《うわさ》を聞いて、祖父は山という山を捜し歩いたそうだが、遂《つい》に遺体を見つけることはできなかった。

その弟の号が、春植《チュンシク》だった。

彼は、家族や友人たちに、春植と呼ばれていた。

春に植える、芽を出してすくすく伸びて大きな樹になる、という希望を込めて名乗っていたそうだ。

わたしたち兄弟の名付け親は、祖父である。

名前の由来は、父や母には説明しなかった。

母は、自分の叔父に当たる春植の死の真相を、父親から聞かされてはいない。

わたしの上の弟は春樹、下の弟は春逢――。

祖父は、春に植えた樹が大きくなったら、その樹の下でまた逢おう、と非業《ひごう》の死を遂《と》げた弟との来世での再会を信じていたのではないか。

故郷から海を隔《へだ》てた異国の地で、美しい里、愛する里を想い、わたしたち姉妹を美里と愛里と名付けた。

祖父は、癌《がん》を患って胃の切除手術を行った後、家族の反対を押し切り、たった独りで帰郷を果たす。

翌年(一九八〇年)誰にも看取《みと》られずにあの世に旅立った。

六十七歳だった。

祖父が遺《のこ》したのは、死者の名前という物語である。

Ⅵ

死者のゆくえ

地獄極楽図《じごくごくらくず》

三途の川のほとりで
奪衣婆が座って
死者を待ち構えている

東北は地獄絵の宝庫

東北には、「地獄極楽図《じごくごくらくず》」を所蔵する寺院がいくつもありますが、中でも秋田県は所蔵数の多さで群を抜いています。曹洞宗《そうとうしゅう》大本山総持寺直末三十六門の一つに数えられる湯沢市の最禅寺《さいぜんじ》も、地獄極楽図を所蔵する寺院です。

地獄極楽図とは、江戸時代の後半に盛んに描かれた、仏教経典に説かれた地獄の様子を表現した図です。お盆などに地域の子どもたちに「嘘《うそ》を吐《つ》くと閻魔様《えんまさま》に舌を抜かれるぞ」などと言って見せ、人として正しい振る舞いをするように教え諭《さと》していたの

です。
最禅寺の地獄極楽図の掛け軸は全部で六幅。善行の人はそのまま極楽浄土に行けますが、罪人は三途《さんず》の川で奪衣婆《だつえば》に衣服をはぎ取られ、閻魔大王の前で、どの地獄に行くか裁《さば》きが下されます。亡者《もうじゃ》は生前の罪に応じたさまざまな地獄の責《せ》め苦《く》に遭《あ》い、やがて地蔵菩薩や仏に救われるという死後の世界を表現しています。

いつ、誰の筆によるかの記載はありませんが、絵の状態や内容から江戸末期、仏教に精通した絵師によるものと考えられます。

最禅寺でも昭和五十年代頃まで、小学校低学年の児童に地獄極楽図を見せていたそうですが、今は、お彼岸とお盆の時期のみ展示しているとのことです。

「悪いことをすれば
地獄に堕ちる」
「善いことをすれば
極楽へ行ける」
と地獄極楽図を通して
因果応報を説いた

最禅寺
——秋田県・湯沢市

最禅寺では雄勝郷の満州開拓団殉難者の法要を毎年行っていると語る副住職の森田昭善さん（写真右）

地獄に堕ちた人も
仏の慈悲で
救われていく

平安時代の
豊かな仏教文化を示す
日本有数の石仏群
——福島県南相馬市

大悲山の石仏《だいひさんのせきぶつ》

薬師堂石仏（如来坐像）

薬師堂石仏（菩薩立像）

阿弥陀堂石仏

福島県南相馬市小高区泉沢《おだかくいずみさわ》の丘陵地には大悲山の石仏群が点在しています。

ここにある薬師堂《やくしどう》石仏、観音堂《かんのんどう》石仏、阿《あ》弥陀堂《みだどう》石仏は、彫刻の様式から平安時代前期の作とされ、当時の仏教文化を示す貴重なものとして、昭和五年（一九三〇年）に国史跡に指定されています。

三つの中で最も保存状態がよい薬師堂石仏は、平安前期の彫刻の特徴である、首が太く、肩が張り、胸幅の広く量感のある体つきをしています。

阿弥陀堂石仏は、薬師堂石仏から歩いて一～二分の場所にあります。剝落《はくらく》が激しく、現在は仏像の芯とみられる部分が残るのみですが、阿弥陀仏が彫《ほ》られていたと見られています。それでも、覆屋《おおいや》で囲い、祀《まつ》り続けている地域の方々の篤《あつ》い信仰心が感じられます。

観音堂石仏
十一面千手観音の
たくさんの手のうち、
二本を頭上に組み合わせて
化仏を捧げ持っている

高さ九メートルの日本最大の石仏を前に、南相馬市教育委員会の藤木海さん（写真中央）より説明を受ける

さらに車で二〜三分ほど離れたところにある観音堂石仏は、顔半分より下が剝落していますが、残った部分から十一面千手《せんじゅ》観音だとわかります。目を凝《こ》らすと、観音像の左右両翼に、薄肉彫《うすにくぼ》りの小さな仏像が見えます。

観音堂石仏の覆屋は、平成二十三年（二〇一一年）三月十一日の東日本大震災の本震と、その後に続いた余震によって倒壊してしまいました。

現在の覆屋は、立ち入り制限が続く中、復旧《ふっきゅう》を進めて平成二十七年（二〇一五年）度に完成したものです。覆屋建設の前に考古学的な発掘調査が行われ、一〇世紀前半（平安時代）の土器が出土しました。一〇世紀前半には石仏群が存在していたことが裏付けられたのです。

福島県の天然記念物に指定されている
大悲山の大杉。大木は樹齢一〇〇〇年と推定されている

浦尻貝塚《うらじりかいづか》

海を望む高台の遺跡

太平洋に面した南相馬市の南端、小高区浦尻《おだかくうらじり》に、縄文時代の遺跡、浦尻貝塚があります。

海岸線から約七〇〇メートル離れた標高二五〜二八メートルの見晴らしのよい高台に位置し、その広さは福岡ドームとほぼ同じ、約七万平方メートルです。

浦尻貝塚北側には、明治時代まで海水と川水が混ざった潟湖《せきこ》が広がっていました。豊かな自然を背景にして、縄文人は縄文前期後半から晩期中頃（約五七〇〇〜二五〇〇年前）の間、ムラの位置を移動させながら居住し続けました。

貝塚は幅一五メートル前後、南北三〇メートル以上、厚さ最大一・八メートルにもなる大規模のものが三カ所、一二×一〇メートルの小規模なものが一カ所確認できています。貝塚からは貝や骨などの食べかす、石器や土器の欠片《かけら》のみならず、イノシシの骨やシカの角が完全な形をした土器と共に出土しています。

平成十八年（二〇〇六年）には、縄文時代の生業《なりわい》や自然環境を伝える福島県を代表する大規模貝塚として国指定史跡になっています。

縄文時代は、日本列島に住む人々が初めてカミや死者などの目に見えぬ存在を認知《にんち》した時代でした。縄文人は人智《じんち》の及ばない

自然のパワーを土偶《どぐう》として表現し、肉体を失った死者のために墓地を造りました。

いま、縄文遺跡を訪れると、どの遺跡も前面に川や湖水などの水面を望み、背後には深い森が広がる、南向きで陽当たりのよい高台に位置しています。潟湖と森に挟《はさ》まれ、東に海を望む浦尻貝塚もその例に漏《も》れません。足元には浦尻の集落を消滅させた生々しい津波の爪痕《つめあと》が残っているにもかかわらず、つい眺望《ちょうぼう》に見入ってしまいそうな最高の場所に立地しています。

三〇〇〇年の時を隔《へだ》てた縄文人たちもここに佇《たたず》み、同じ海の景色を眺《なが》めながら、自分たちに豊かな恵みと壮絶《そうぜつ》な災害をもたらすカミの威力を思い、もはや言葉を交わすことのできない仲間の行く末を想ったのでしょうか。

原町別院

原町別院では、身寄りのない除染作業員の遺骨を預かっている、と語る院代の木ノ下秀昭さん（写真左）

真宗大谷派・原町別院の本堂は明治二十一年に現在の地に建立された
——南相馬市原町区

黒焦げとなった少年

柳美里

鎌倉から南相馬市原町区に転居したのは、二〇一五年四月四日のことだった。

鎌倉の家は、わたしが自分の力で建てた初めての家であり、息子の一歳から十五歳までの成長の記憶を伴《ともな》う思い出の家でもあった。

鎌倉を去る前に、息子と二人で、息子の通《かよ》っていた幼稚園がある鶴岡八幡宮《つるがおかはちまんぐう》を散歩した。

源氏池を縁取《ふちど》る染井吉野《そめいよしの》は、まさに満開で、池の面《おもて》は花筏《はないかだ》でピンク色に染まっていた。

園庭の前にある大きな藤棚の下のベンチで、よく息子と二人で食パンの耳を鳩《はと》や亀や鯉《こい》に与えたことを思い出した。

藤の花は、まだ咲いていなかった。

藤は桜の後だな、と記憶の中でゆっくりと確認した、一つ一つの記憶には焦点を合わさないようにぼんやりと――。次々とはっきり思い出したら、悲しくて泣いてしまいそうな気がしたからだ。

南相馬への転居は自ら選んだことだったが、住み慣れた家や見慣れた風景と別れるのは、とても悲しいことだった。

引っ越し業者の搬出《はんしゅつ》の立会いは夫に任《まか》せて、わたしと息子はひと足先に南相馬へと向かった。

鎌倉駅西口から横須賀線で東京駅丸の内中央口に出て、十七時に東京駅八重洲《やえす》南口鍛冶橋《かじばし》駐車場から、さくら観光の南相馬行高速バスに乗った。

南相馬到着は二十一時半の予定だった。

日没間際《にちぼつまぎわ》に、首都高を走るバスの窓から見たのは、隅田川《すみだがわ》沿いの桜並木だった。

「関東はもう散り始めているけど、東北の桜は一週間後に満開だよ。今年は二度もお花見できるなんて、ラッキーだね」と、わたしは息子の気持ちを引き立てるように言った。

息子もまた、悲しい気持ちでいるだろう、と思ったからだ。

わたしたちが暮らすことになった借家は、マラソンランナーだった祖父がパチンコ屋を営《いとな》み、一〇代だった母が店を手伝っていた場所から、徒歩五分の場所にあった。

偶然だけに、不思議だった。

そのことを地元の友人に話すと、「こっちさ呼ばっちゃんだべ」と皆口を揃《そろ》える。

引っ越しの荷物が片付いたのは、五月に入ってからだった。

東由多加《ひがしゆたか》の誕生日、五月十二日に近所を散歩していた。

生きていたら、古稀《こき》のお祝いをしていたのにな、と思いながら寺の前を通りかかり、誰かの視線を感じたような気がして、そちらのほうを見た。

本堂の前に白い雲のような塊《かたまり》が見えた。

藤？　でも、白い藤なんてある？

わたしは、大きな木の門をくぐり、吸い寄せられるように藤棚から垂《た》れ下がる白い花の房に近づいていった。

やっぱり、藤だった。

白い藤……。

縁側の前の戸が開き、黒い法衣を着た老人がこちらを見た。

「白い藤、珍しいですね」

盗み見を咎《とが》められた子どものようないいわけ染《じ》みた口調になってしまった。

「除染《じょせん》で境内の木を四十七本伐《き》った。でも、この白い藤とつつじだけは伐れなかったんだわな」

「きれいですね」

縁側の前に年老いた柴犬がいることに気付いた。

「いくつですか？」

「十五歳だ」

「名前はなんて言うんですか？」

「チビ」

真宗大谷派原町別院の木ノ下秀昭院代（八十歳）と初めてお話しした時は、名乗ることをしなかった。

しかし、これも偶然なのだが、大家《おおや》である石川俊さんが原町別院の御門徒だった縁で、お話をうかがう機会を得た。

院代は、原町の「朝鮮人部落」で暮らす人々に親身に接し、葬儀を執《と》り行ったり、墓所の世話をすることもあったそうだ。

「戦争の激化で幻《まぼろし》となった東京オリンピック出場を有力視されていたマラソンランナーがうちにいる」とパチンコ屋を共同経営していた朝鮮人男性が祖父のことを自慢していたのを聞いたことがある、という。

原町別院の本堂には、引き取り手のない遺骨十数体が安置されている。

津波の犠牲者と、原発事故によって市内の老人ホームからよその病院や施設を転々としているうちに衰弱死《すいじゃくし》をした方々だ。家族や親族もまた遠方に避難したままで、諸々の事情から遺骨を引き取ることができないという。

「老人ホームに入った時点で、縁が切れてしまったのかもしれないね」と木ノ下院代は仰《おっしゃ》った。

上段に並べられた三体は、除染作業員の遺骨である。

南相馬には、復旧《ふっきゅう》・復興事業や除染や原発の廃炉のために出稼《でかせ》ぎに来ている作業員が一万人近く長期滞在しているといわれている。二〇二〇年開催の東京オリンピックの宿泊・体育施設の建設や、道路の基盤整備などで関東や東北の労働者は賃金の高い東京に集まっているため、「被災地」では正規雇用からあぶれた低賃金労働者を大阪市西成区などからリクルートしている、という話は地元の建設会社関係者から聞いていた。重い病を抱《かか》えている作業員も少なくなく、所持金が無い上に国民健康保険未加入の人が作業現場で倒れて救急搬送されるケースも相次いでいるので、病院や行政側も対応に苦慮《くりよ》しているという。

原町別院で保管されている遺骨の主は、真夏の除染作業中にスズメバチに刺されて亡くなった男性、肝硬変の悪化で亡くなった男性、脳梗塞で急死した男性――、福祉事務所や警察が事前に届けられていた出身地をもとに親族を探し出し、連絡を取ったが、遺骨の引き取りは拒否された。

広島出身の男性（享年四十一）は、自死だった。

荼毘《だび》に付す前に七〇代の母親と連絡がついた。広島から南相馬に来る、という話だったが、母親は「荼毘葬」には現れず、院代と福祉事務所と市の職員の三人で見送ることになった。

母親は、数日後に原町別院を訪ねてきた。

お金が無いので、飛行機や新幹線の切符を買うことはできなかった。広島から大阪、大阪から東京、東京から福島、福島から南相馬、四回長距離バスを乗り継いで来ようと思ったのだが、福島でバス賃が千円足りないことに気付いた。なんとかしようとあちこちに連絡しているうちに、間に合わなくなってしまった。警察から息子の貯金通帳を受け取って、息子のお金で南相馬に来ることができた。

母親は、息子の遺骨を抱きしめて泣いたという。

「仕事だとは思っていない。同じ人間を送り出す。わたしもそのうち送られる身になる。平等だ。二十年預かって誰も引き取りに来なかったら、自分用に作ってある墓にいっしょに入ってもらう。無縁なんてあり得ない。こうやって縁があった人同士、集まって墓に入る」と、院代は白布にくるまれた人たちを見上げた。

雑談の中で、「うちの息子は原町高校の吹奏楽部に所属しているんです」と言うと、「うちの孫娘も原町高校の吹奏楽部に所属していたんだ」と院代は眼鏡《めがね》の奥の目を大きくした。

院代のお孫さんは、京都の大谷大学に進学し、現在は長崎教務所に勤めているそうだ。

東由多加の故郷は、長崎である。

お墓も長崎にある。

東の母校、城山《しろやま》小学校は一九四五年（昭和二十年）八月九日に落とされた原子爆弾の爆心地から僅《わず》か五〇〇メートルに位置する。全校生の八割にあたる一四〇〇余名の児童、二十八名の教職員、一〇五名の学徒報国隊員が命を失った場所である。

東は、城山小学校、淵《ふち》中学校、長崎西高校と進学したわけだが、小学校から高校まで全く同じなのが、小説家の青来有一《せいらいゆういち》さんだった。青来さんは、わたしと同時期に小説家としてデビューし、何度か同じ回に芥川賞候補となり（共に落選し）、芥川賞を受賞したのもほぼ同時期なのだが、面識はなかった。

青来さんはご両親が長崎市内で被爆をした「被爆二世」で、原爆をテーマにした作品を数多く発表されている。また、本名の中村明俊としては、長崎市役所職員として役所勤めをつづけ、二〇〇五年に長崎市平和推進室長、二〇一〇年に長崎原爆資料館長に就任されている。

青来さんと接点を持ったのは、被爆七十年の節目となる二〇一五年八月九日、高校一年生だった息子と城山小学校の平和祈念式典に参列した時のことだった。直接お目にかかったわけではなく、わたしが参列することを伝え聞いた青来さんが、ご自分の名刺を長崎市議会議員の方に託《たく》したのだった。

わたしは、南相馬に帰宅してから青来さんにメールを送った。

「私も南相馬市をはじめ、福島など被災地を訪ねたいと思いながら、なにか遠慮してしまうようなためらいがあり、今日まで訪問できないでいました。ぜひ一度、訪ねたいとも思います」と青来さんからお返事をいただいた。

それが実現したのが二〇一七年二月三日、わたしたちは梨農家の鎌田清衛《かまたきよえ》さんに大熊町をご案内いただいた。

その時に同行したのが、朝日新聞長崎総局の岡田将平記者だった。

二月十九日に、わたしは長崎に行った。

原爆資料館で行われた、朝日新聞長崎県内版の連載「ナガサキノート」三〇〇〇回を記念するイベントで、青来有一さんと対談したのである。

岡田記者は、控室に二人の老婦人を連れてきてくださった。

西川美代子さん（七十九歳）と山口ケイさん（七十七歳）である。

わたしと息子が城山小学校の平和祈念式典に参列した二〇一五年の八月、お二人は長崎市で開かれていた原爆の写真展を訪れ、一枚の写真に目を留めた。

「黒焦《こ》げとなった少年」

長崎原爆投下の翌日一九四五年八月十日に、陸軍報道部に所属していた山端庸介《やまはたようすけ》氏が爆心地の近くで撮影し、一九九五年に伊藤一長《かずなが》長崎市長がオランダ・ハーグの国際司法裁判所でこの写真を掲げて「この子たちになんの罪があるというのでしょう?」と陳述したことによって広く知られている写真である。

美代子さんが「治《じっ》ちゃんだ」と口にし、妹のケイさんも「頬のあたりと背格好が似とる」と頷《うなず》いた。

お二人は、これまで何度も「黒焦げとなった少年」の写真を目にしてきたが、兄かもしれない、と思ったことは一度もなかった。

その時の展示は大きく引き延ばされていて、顔の特徴がはっきりと見えたのだという。

わたしはお二人と展示室に行き、「黒焦げとなった少年」を見た。

――右手を喉元《のどもと》にやり、両脚を開いて仰向《あおむ》けに倒れている。原子爆弾の熱線によって炭化してしまっているが、それでも面立ちや体つきに幼さが残っているのがわかる。

振り返ることは躊躇《ためら》われたが、お二人が黙《だま》って見ていたので、わたしは振り返った。

姉の美代子さんの顔の輪郭と、少年の顔の輪郭は、よく似ていた。

「お姉さんと似ていますね」と言うと、お二人はうれしそうに顔を綻《ほころ》ばせた。

「知らん人が見たら、悲惨で、目ば背《そむ》けたくなるような写真ばってんが、うったちは、懐かしか、生きとる兄《にい》ちゃんの表情が浮かぶごた写真ですばい」

「あの日は、ようやく見つけることのできた、と二人でガラス越しに兄ちゃんの顔ば撫《な》でて帰ってきたとです」

日本法医学会理事長を務める池田典昭《のりあき》・九州大大学院教授ら複数の専門家が、一九四二年に撮影された谷崎家の家族写真と「黒焦げとなった少年」を比較し、目鼻立ちや顔の輪郭に矛盾《むじゅん》がなく、「同一人物の可能性がある」と結論付けた。

原爆投下時、谷崎昭治さんは十三歳、西川美代子さんは八歳、山口ケイさんは五歳だった（昭治さんは、生きていれば八十五歳になっている）。

歳《とし》が離れていたのでいっしょに遊ぶことはなかったが、「治《じっ》ちゃん、治ちゃん」と纏《まと》わり付いても邪魔にされず、にこにこ笑っていた優しく穏やかな兄の面影が今も瞼《まぶた》に残っている、とお二人は言う。

昭治さんは、一九三一年に西彼杵《にしそのぎ》半島の瀬戸町（現在の西海市大瀬戸町）で生まれた。一九四五年四月に、旧制長崎県立瓊浦《けいほ》中学校（長崎市竹の久保町）に入学し、家族で暮らしていた瀬戸町を離れた。

瀬戸の波止場から長崎市までは船で三時間の距離である。

昭治さんは、長崎市中心部の下宿屋で独り暮らしをはじめたが、近いうちに長崎も大規模な空爆が行われるだろうと町中で囁《ささや》かれるようになり、親元を離れた学生たちを預かっていた下宿屋は浦上地区の岡町への移転を決断する。

キリスト教の国は浦上に爆弾を落とすことはない、浦上は安全だ、という噂《うわさ》が流れたからである。

浦上は、キリシタン弾圧が行われた土地として世界的に有名だった。「浦上四番崩れ」と呼ばれる大弾圧の最中に明治維新が発生し、新政府は明治元年（一八六八年）

に浦上の全住民を流罪《るざい》に処することを決定する。その決定に対して、日本に駐在する欧米諸国の外交官や特派員は強く抗議する。日本政府は欧米諸国からの非難を押し切ってキリスト教禁制を維持する。浦上の信徒は名古屋以西の二十一藩に流刑《るけい》に処せられた。苛烈《かれつ》な拷問《ごうもん》や私刑によって、信徒三三九四名のうち六六二名が命を落とすことになるが、信徒たちは流罪の苦難を「旅」と呼んで信仰と団結を強固なものにする。一八七三年、明治政府はキリシタン禁制の高札《こうさつ》の撤去を行い、浦上の信徒の釈放《しゃくほう》と帰還を許し、二五〇年余にわたったキリスト教禁止政策に終止符を打った。

浦上への帰還を果たした信徒たちは、かつて「踏み絵」が行われた庄屋、高谷屋敷跡を買い取り、一八九五年に教会の建設を開始する。信徒たちの勤労奉仕と献金活動によって、大小二つの鐘が吊《つ》るされ、八四体の天使の石像が取り付けられた赤煉瓦《れんが》造りの大聖堂が完成したのは、一九二五年のことだった。

八月六日、広島に「新型爆弾」が落とされる。昭治さんの父親の己之作《みのさく》さんは、戦艦武蔵を造った三菱造船所や三菱兵器製作所などの軍事工場・軍事施設が集中している長崎も狙《ねら》われるかもしれない、と瀬戸の波止場から船に乗って、息子の下宿先に駆け付ける。

長崎原爆が投下される前日、八月八日のことだった。

「長崎も危なかけん。これからいっしょに家に帰ろうや」と説得を試みるが、「明日の午前中、一学期の期末試験の英語の試験があるけん帰れんと」と息子は言い張って聞かない。

己之作さんは学校に赴《おもむ》き、なんとか連れ帰らせてほしいと担任や校長に掛け合うが、一年生は全員英語の試験を受ける、特別扱いすることはできないと言われ、昭治さん本人も泣いて拒絶《きょぜつ》をしたので、己之作さんは諦《あきら》めて一人で帰ることにする。帰り際に、息子が水筒から水が漏《も》れて困るというので、下宿に寄って水筒を修理してやり、「釣り銭のいらんごと」と船賃を小銭で手渡し、「試験が終わったらすぐに帰ってこんば」と念を押して別れた。

翌、八月九日――。

原爆搭載機ボックス・カー号（機長チャールズ・スウィーニー少佐二十五歳）は、高度九六〇〇メートルの上空を飛んでいた。

長崎の市街は厚い雲に覆《おお》われ、なかなか標的を目視《もくし》することができなかったが、ほんの一瞬、雲の切れ間から街の一部が見え、急遽《きゅうきょ》そこに原子爆弾を投下することになった。

午前十一時二分、当初の標的であった長崎市街中心部から北へ約三キロメートルも逸《そ》れた松山町の上空で原子爆弾は炸裂《さくれつ》した。

爆心地近くの表面温度は、僅か〇・三秒から三秒の間に人体の水分が蒸発して炭化する三〇〇〇～四〇〇〇度に達した。

浦上天主堂は爆心地から約五〇〇メートルの場所にあった。

この日は、赦《ゆる》しの秘跡《ひせき》(告解《こっかい》)の日だったため、信徒二十四人が入堂していた。主任司祭の西田三郎師は聖堂に入るところで、助任司祭の玉屋房吉師は既に告解場に入っていた。天守堂内に居た全員が爆死した(浦上地区の信徒約一万二〇〇〇人のうち約八五〇〇人が爆死した)。

爆心地から約八〇〇メートルの場所にあった瓊浦中学校は、木造二階建ての本館・別館校舎が倒壊、平屋建ての新築校舎が全壊・全焼した。

学内には教職員十五人、生徒四十五人が居たが、生き残ったのは生徒四人だけだった。二年生以上の生徒は学徒報国隊として兵器工場に出動していたために不在、午前十時に英語の試験を終えた一年生三〇〇人の大半は（各クラスの掃除当番の生徒を残して）既に下校していた。

予定の船便で息子が帰ってこないことを案じた己之作さんは再び長崎市へと急ぐ。

爆心地周辺を捜し歩いたが、昭治さんは見つからなかった。

岡町の下宿跡地から、焼け焦げた水筒が見つかった。

前日に自分が修理をしたので、息子のものだと判った。水筒の近くから、息子の蝙蝠傘《こうもりがさ》だと思われる傘の骨も出てきた。瓦礫《がれき》の下から、黒焦げで誰なのか判別できない遺体も複数見つかった。

己之作さんは、下宿跡地で共に我が子を捜した親たちと遺体を燃やし、その遺骨を分け合った。

己之作さんが瀬戸へ帰り着いたのは、三日後のことだった。

水筒と傘の骨と遺骨を見せると、母親のスヨさんは「首に縄つけて引っ張ってきとってくれれば……」と泣き崩れた。

それ以来、己之作さんは原爆の話をすることはなかった。

亡くなる数年前、長崎市内の美代子さんの家に泊まりにきていた己之作さんは、行き先を告げずに出掛けたことがある。

夜遅くに帰ってきて、どこでなにをしていたのかと訊《たず》ねると、「昭治の下宿のあったとこに行った」と答えたという。「玄関はここにあって、井戸はここにあって、と当時の様子ば確認してきた」と——。

己之作さんは、一九六六年八月十三日に亡くなった。六十九歳だった。

八月九日、看病をしていたスヨさんに、「原爆の日ぞ。（慰霊《いれい》式典に）行かんちゃよかとか?」と言ったという。

スヨさんは、瓊浦中に入学して独り暮らしを始めたばかりの昭治さんから届いた官製葉書をラミネート加工し、二〇〇四年に一〇一歳で亡くなるまで肌身離さず持ち歩いていた。

「お母様お元気ですか。僕も元気で勉強して居ますからご安心下さい」で始まり、遺品となった水筒を持ってきてほしい、と頼んでいた。

西川美代子さんと山口ケイさん姉妹は、毎年夏になると長崎市内の自治会の掲示板に貼り出される（市が貼り出しを始めた一九九〇年以降）、原爆犠牲者の「無縁遺骨」

のうち新たに身元が判明した人の中に「谷﨑昭治」の名前がないか捜した。

原爆の熱線によって全身焼けただれ、水を求めて川に飛び込んで死んでいった人たちが大勢いた、という被爆者の証言をテレビのドキュメンタリー番組などで見聞きするたびに、「治《じっ》ちゃんは、どこでどぎゃん死に方ばしたとだろう」と胸が張り裂けそうになり、涙が止まらなかった。

わたしは、お二人と肩を並べて、その水筒を見た。

己之作さんが、原爆投下の前日に修理し、原爆投下後に焼け跡から見つけ出した水筒である。

わたしはお二人に、福島県の大熊町で七歳だった娘の行方を捜している父親の話と、南相馬で三歳だった息子の行方を捜している父親の話をした。

お二人は身じろぎもせず、相槌《あいづち》すら打たずに、わたしの話を聴いていた。

姉の美代子さんが口を開いた。

「お二人に伝えてください。諦めないでください。きっと見つかります。わたしたちは七十年間捜し続けて、兄を見つけました」

長崎県立瓊浦中学校が、長崎県立長崎西高等学校の前身だということは、福島に帰ってから知った。

一九四五年五月十二日に生まれた東由多加は、谷崎昭治さんの十三歳下の後輩ということになる。

東も昭治さんも、生徒たちに「遅刻坂」と呼ばれていた学校正門までの上り坂を毎日汗をかきながら上っていた。

東は、あの正門の前に立って新入生だった峯のぼるさんを演劇部に勧誘し、峯さんは後に「東京キッドブラザース」の旗揚げメンバーとなる。

昭治さんは、あの日、英語の試験を終えて校門から出て、下宿屋に向かう途中で原爆によって命を落とした。

長崎西高の正門前から「遅刻坂」を見下ろすと、浦上川下流の地域が一望できる。

亡くなる数年前、家族に行き先を告げずに家を出た已之作さんは、長崎西高の校門に立ったはずだ。英語の試験が終わったのは十時。帰り支度《じたく》を整え、級友たちとの話が弾んだとしても、十時半には校門を出ただろう。校門から下宿屋までは歩いて三十分ぐらいの距離だ。原子爆弾が炸裂したのは十一時二分――。已之作さんは校門で腕時計の時間を見て、下宿屋に向かって歩き出したかもしれない。

下校時間だったとしたら、昭治さんと同じ歳の頃の生徒たちが校門から出て、「遅刻坂」を下りていく姿が目に入っただろう。

その後ろ姿を、己之作さんは、どんな思いで眺《なが》めたのだろうか。

翌朝、わたしは岡田将平記者といっしょに爆心地周辺を歩いた。

八月九日死亡、という文字と洗礼名と行年《ぎようねん》が刻まれている浦上のカトリック墓地

坂本町民原子爆弾殉難之碑

山王神社の一本柱鳥居と被爆クスノキ

最後に行ったのは、長崎市筑後町《ちくごまち》にある真宗大谷派長崎教務所だった。ここには、二万人ともいわれる原爆犠牲者たちの遺骨が保管されている。原爆投下翌年に、長崎に上陸したアメリカの進駐軍が爆心地近くに簡易飛行場建設を計画していることを知った僧侶や門徒らが拾い集めた遺骨である。ブルドーザーで飛行場の整地をしている最中に、土の中から白い骨が掘り返され、音を立てて割れるのを目撃したという近隣住民もいる。遺骨の大半は身元不明だが、中には、家族の手によって火葬された後に、避難するために茶碗一杯分の遺骨しか持って行けないというの

で預かったという遺骨もあれば、遺品から身元は判明したものの一家全員が爆死して引き取り手のいない遺骨もある。

わたしは、長崎教務所の本堂で、原町別院の木ノ下秀昭院代の孫娘である木ノ下美菜《みな》さん（二十四歳）と向かい合った。

美菜さんは、南相馬市原町区で生まれ育ち、高校を卒業した年に東日本大震災と原発事故に遭い、京都の大谷大学に進学し、真宗大谷派に就職した。

初赴任地が、長崎教務所だった。

美菜さんは、わたしの息子が通っている原町高校の卒業生である。

しかも、息子と同じ吹奏楽部に所属していた。

「三月九日に受験をして、十日に原町に帰って、やっとだらだらできると思ったら、震災が起きて……」

美菜さんは、原発事故が起きて避難する際、原町高校の校門の前を通り過ぎ、車の窓から高校の先生がブルーシートにくるまれた遺体を運んでいるのを見たという。

原町高校の第二体育館は東日本大震災直後、遺体安置所として使用されていた。

わたしは、原高の体育館でご家族を見つけたという方からお話をうかがっている。体育館にご遺体を運んだという方からお話をうかがっている。毎日体育館に通って読経《どきよう》をあげていたという僧侶からお話をうかがっている。新学期が始まる前に保護者の手で体育館の清掃を行い、神官を呼んで清祓《きよはらい》の儀を執り行ってもらったとPTA役員からお話をうかがっている。

現在、原高では第二体育館で体育の授業や球技大会や文化祭が行われ、わたしも何度か観《み》に行っている。

でも、美菜さんには黙っていた。

彼女が、地震と津波と原発事故によって傷付いた故郷を離れていることに負《お》い目を感じている、と思ったからだ。

美菜さんは、一号機が爆発した三月十二日に原町から飯舘村《いいたてむら》に避難し、さらに三号機と四号機が爆発したため山形県に逃れ、大混乱の最中《さなか》に、たった独りで京都に行って大学生活を始めなければならなかった。

そして、「安全だという確証を得られない」というご両親の心配に配慮をする形で、大学の四年間は南相馬には帰らなかった。

いちばんつらかったのは、成人式に出られなかったことだと美菜さんは言う。「なんで来ないの?」と友だちからメールが届き、「バイトがあるから」と嘘を吐《つ》き、「もう帰ってこなくていいよ」という言葉を打《ぶ》つけられたこともある。

ご両親は「振袖を着て写真だけでも撮っておいたら」と写真館での記念撮影を勧めたが、「南相馬で友だちといっしょに成人式に出なければ意味がない」と、美菜さんは振袖に一度も袖を通していない。

「悲しいとか苦しい感情の波がある。普段は大丈夫でも、毎年成人式で振袖姿の女の子が歩いているのを見ると、当時を思い出して、泣きたくなる。なんで自分がこんな目に遭《あ》わなければならないのかって……」

外は、雨だった。

わたしは、美菜さんと並んで傘をさして収骨所へと向かった。

美菜さんが収骨所の扉を開けると、事務机のような灰色のスチール製の箱がいくつも積み重なっていた。

一つ一つ番号があり、「放置遺骨」「火葬遺骨」とラベルが貼ってあった。

「核死」「浦上駅北方」と死因と発見された場所も記されていた。

箱の蓋《ふた》を開け、茶色く変色した古い新聞紙を開くと、白く細かい骨が姿を見せた。

別の箱の蓋を開けると、頭蓋骨や大腿骨がそのままの形で納められていた。

南相馬で除染《じょせん》作業員の遺骨を預かっている木ノ下院代の言葉が蘇《よみがえ》った。

「孤独のうちに亡くなったとしても、無縁の人はいない」

同じ時に同じ町で暮らしていた祖父と木ノ下秀昭院代、息子と同じ高校の吹奏楽部に所属し、東由多加が葬《ほうむ》られている長崎で働いている木ノ下美菜さん、同じ坂道を上って同じ学校に通っていた東と青来有一さんと谷崎昭治さん――、人は時間的にも空間的にも限定的な存在ではあるけれど、時空を超えて繋《つな》がる縁もある。

わたしは、名の知れぬ遺骨に近付いた。

【対談】

柳美里×佐藤弘夫

大災害に見舞われた東北で死者と共に生きる

亡くなった人と楽しむことが供養の原点

佐藤弘夫　今回、日本人の死生観をテーマに、かつて飢饉《ききん》・冷害・震災といった大災害に見舞われた東北各地の墓地、霊場《れいじょう》、神社仏閣、有形・無形文化遺産などを、半年間かけて柳さんとごいっしょに訪ねてきました。非常に楽しく、有意義なフィールドワークだったと思っています。

柳美里　わたしも、佐藤さんと死者を巡る旅をごいっしょしたことによって、生死を明と暗、光と闇《やみ》というように捉《とら》えていた死生観が変化するのを感じました。ここまでが生で、ここからが死だという境界は、実は曖昧《あいまい》で、生の道を歩いていて、いつの間にか、爪先《つまさき》から死の領域に踏み込んでいるのではないか、とイメージするようになりました。

佐藤　東北地方には死者との交流の場がいくつもありますが、旅の始まりは、死者の婚礼の地として知られる青森県・金木町《かなぎまち》の川倉地蔵尊《かわくらじぞうそん》でした。ちょうど、例大祭の時で、雲に覆《おお》われた蒸し暑い日でしたが、地蔵堂にはお年寄りから子どもたちま

川倉地尊堂に奉納され、天井から吊ってある数多の着物を見上げる

でさまざまな年齢の人が訪れていました。

柳　メールのやり取りで、川倉地蔵尊を文字で見た時は気付かなかったんですが、車の窓から風景を見て、十七年前に癌《がん》で死んだ伴侶《はんりょ》の東由多《ひがしゆた》加《か》と訪ねたことがあったな、と思い出しました。四半世紀以上前のことなんですけどね、金木町にある太宰《だざい》治《おさむ》の生家を訪ねた後に立ち寄ったんです。秋口だったせいもありますが、ひと気もなく、ひんやりしていました。その時は、地蔵堂をひと回りして天井から吊《つ》ってある着物を見上げて怖くなり、人形堂には入るこ

とができませんでした。
今回は、例大祭の日でしたね。ご遺族の方々は喪服姿だろうと思い込んでいましたが、台所からそのまま出てきたような普段着でしたね。お参りの後、晩ご飯の買い物をして帰ってもおかしくない格好。日常と地続きなんですよね。

佐藤 死者を特別な存在とするのは、わりと新しい考えです。人々にとって、死はもっと身近な存在だったはずで、その感覚が今でもあるのでしょう。改まった服装は、死者に礼を尽くしてはいるけれど、距離ができてしまいます。そうではなく、亡くなった人といっしょに過ごし、楽しもうというのが供養の原点です。

柳 人形堂には、未婚のまま亡くなった花嫁・花婿人形の収納ケースが並び、人形の足元には、死んだ子どもの年齢に合わせた、おもちゃや缶ジュース、缶コーヒー、缶ビールやタバコなどが供《そな》えられていました。死んだ時で行き止まりなのではなく、死児《しじ》の齢《よわい》を忘れずに数え、年相応の物を供えている。その延長線上に、そろそろ身を固めさせてやろう、という人形供養があるんですね。人形堂の入口に座っていた受付のおばあさんが、「時々、死んだ子どもたちがふざけているのか、足音が聞こえるんです。それを聞くと淋《さび》しくなるので、席を立って外に行きます」と言っていました。幽霊の足音を聞いた経験を、怖いではなく、淋しいと言ったんですよね。

佐藤　生者と死者の境界が非常に曖昧なんですね。こうした感覚は今でこそ失われていますが、昔は誰でも持っていたものです。

納骨の旅は死者との対話の時間だった

佐藤　八月上旬には、「会津高野山詣《こうやさんまい》り」で賑《にぎ》わう会津の八葉寺《はちようじ》に行きましたね。

柳　暑い盛りでしたね。今回の旅では、とにかく山道や石段を上りつづけた先に、見たいものがあるという感じでした。汗だくになりながら奥の院などを見学した後、おじいちゃんと孫がやっている屋台のかき氷を食べました。レモン味のかき氷、おいしかったなぁ。

佐藤　生き返りましたね。

柳　本堂（阿弥陀堂）に遺骨の一部や遺髪を納めた五輪塔《ごりんとう》が並んでいて、彩色を施《ほどこ》したものもありましたね。

佐藤　奉納《ほうのう》する人が塗《ぬ》ったものでしょう。舎利殿《しゃりでん》に納められている五輪塔は約一万五〇〇〇基で、年代が確認できる最古のものは戦国時代です。ところが、納骨《のうこつ》信仰が最も盛んになるのは、もっと前の鎌倉時代です。

柳　佐藤さんにご案内いただいたことによって、東北を代表する観光地である山寺と松島で、中世には納骨が行われていたことを知りました。

佐藤　山寺は今でも納骨の習慣が続いています。山寺にも松島の雄島《おしま》にも行きましたが、松島の雄島には、よく見ると白い骨の破片が落ちているのがわかります。あれは中世の火葬骨ですね。

柳　山寺よりも峯の裏が、これぞ霊場という、ただならぬ雰囲気でした。山の中の小道は、人がほとんど通らないので草が生い茂り、前夜の雨でぬかるんでいましたよね。そんな道なのに、佐藤さんはすいすい上って行って、研究者というより仙人みたいに見えました（笑）。

佐藤　苔《こけ》むしたベンチとか、なにか出てきても、不思議ではない霊域の雰囲気がありましたね。中世の人たちにとって、霊場は彼岸への出発の場所だったのです。そこに骨を運び納めることによって、死者も旅立つことができた。だから、光に満ち

かつては修行僧が居住し、板碑が林立していた松島も観光スポットへと変わりつつある

たいちばん美しい場所を選びました。中世の霊場や墓地の多くは、「勝地《しょうち》」（景勝地）と呼べる見晴らしの良い場所、今も観光地となるような風光明媚《ふうこうめいび》な場所にあります。

柳 佐藤さんは、中世の墓を「他界に飛翔《ひしょう》するまでの止まり木」と表現されていますが、死者が見晴らしの良い地を止まり木として、あの世に飛び立ってしまうというイメージは、この世に残された者としては、淋しくてやり切れないですね。

わたしは、子どもの頃から鱗翅目《りんしもく》の幼虫、芋虫毛虫の類《たぐい》が大好きで、春先から秋口にかけては、毎年家の中で幼虫を飼育しているんです。今年は、ツマグロヒョウモンという蝶《ちょう》を卵から育てていました。羽化《うか》が近づくと、さなぎの中の蝶本体が浮いて、羽が透けて見えるんです。羽化は、天敵の鳥がまだ起き出さない明け方に始まります。羽化の瞬間を見たくて、枕の隣にさなぎの植木鉢を置いておいて、明け方まで起きていたんですが、うつらうつらした隙《すき》に、羽化を終えた蝶がさなぎの抜け殻につかまって羽を伸ばしていました。飛び立つ瞬間は見逃さないぞ、と植木鉢を外に置いて、羽が乾《かわ》くまでじっと見守っていたんですが、一時間待っても飛び立たないので、今のうちにトイレに行っておこうと、植木鉢から離れたんです。戻ったら、居なかったんですよ。一カ月間大切に育てていたのに、一瞬のうちに消え去ってしまい、喪失感《そうしつかん》と淋しさを感じました。

生きていくことは、喪《うしな》うことでもあります。四十八年生きて、犬が死に、猫が死に、祖父母が死に、親友が自死し、伴侶が癌で死にました。丁寧《ていねい》に弔《とむら》い、命日やお彼岸やお盆に墓参をして、手を合わせ、語り掛ける。四十九日、一周忌、三回忌、七回忌、十三回忌などの法要は、悲しみの歳月と和解をする過程でもあります。

死体、遺骨に執着を抱《いだ》かなかった中世の日本人は、親しい人がいきなり消えてしまうという喪失感と、どのように向き合ったのでしょうか？

佐藤　中世はまだ人々が盛んに移動する時代で、ほとんどの人は繰り返し墓を訪ねたり、時間をかけて死者を供養する余裕がありませんでした。それができるようになるのは江戸時代のことです。だから、死者が我々の世界を離れて、もっと大きなものに抱きかかえられたという解釈で心の隙間を埋《う》めるしかなかったのでしょう。そうとでも考えなければやり切れなかったと思います。

当時はたいがいの人は風葬で、遺体を墓地に持って行っても埋めることもなく放置するのが一般的で、火葬できるのは恵まれた人だけでした。死者の命運を仏に委《ゆだ》ねるほかなかったのです。とはいえ、そう簡単に割り切れないはずで、中世にも幽《ゆう》霊《れい》が出てくる話がいくつもあります。

柳　断ち切っても断ち切れない死者への思いは残りますよね。

佐藤　いつ自分が死ぬかわからない時代、死は身近で、もっと生と死が重なっていました。生きている間から常に死後の世界を感じ、人が亡くなると、できる限り精いっぱい死者と付き合う。長い時間をかけた霊場への納骨がそうです。納骨の旅は死者との対話の時間でもあるわけです。

柳　わたしはよく山登りをしますが、わたしの場合、自然を楽しむための登山ではなく、肉体の限界に近付くための登山なので、二〇〇〇～三〇〇〇メートル級の山に向かいます。肉体が限界を超えるとなにも考えられなくなり、自分からせり出す自分の存在を意識する瞬間が訪れます。それが魂なのではないか、とわたしは思っています。フルマラソンを何度か完走したこともあります。三五キロメートルを過ぎる頃から全身が激痛に見舞われるのですが、肉体が魂に先導されているような感覚になります。

近親者の骨を自らの肉体に抱きかかえて霊場の頂《いただき》を目指して山を登る人も、同じ感覚を持っていたのではないでしょうか。きつい山道を黙々と登っているうちに、肉体より前を行く自分の魂と、肉体を無くした死者の魂が一つに交わるような感覚を……。

佐藤　わたしも若い時、山登りをしていたので、柳さんのお話はよくわかります。苛酷《かこく》な山岳修行に挑《いど》んでいる修行僧は、生と死の臨界《りんかい》を突き抜けるような感覚があったかもしれません。

年に二日間だけ死者と再会できる山

柳　八月の下旬は、「モリ供養」に行きましたね。熱中症警報が発令されている日で、山頂へと向かう小道はずっと木陰《こかげ》でしたが、それでも暑かったですね。驚いたのは、大勢の子どもたちが山を駆けずり回っていたことです。

佐藤　午前六時の供養の前から山にきたと言っていましたね。実際には居ない子どもが混じっていてもわからない。子どもたちも気付かない、そんな雰囲気がありました。

林道にはブナやくぬぎが生い茂り、まさに森の中の非日常を実感する

柳　あの子どもたちは、死者と邂逅《かいこう》するために、近隣の人々が供花《くげ》を携《たずさ》えて山に登ってくることを知っています。都会の子どもたちより、死者を身近に感じることができるでしょうね。

佐藤　今ではそういう場所も、機会も無くなってしまいました。ちょっと残念です。

柳　あの子たちの声と姿によって、供養の風景が変わります。子どもは躍動感《やくどうかん》があるから、生の塊《かたまり》のように見えますが、実は死に近い存在です。親は、我が子の誕生からあらゆる危機を想定します。

赤ん坊のうちは、うつ伏せで窒息《ちっそく》しないか、高熱で脳症や肺炎にならないか、アスファルトの上で抱き落とさないか。もう少し大きくなると、川や池に落ちないか、波にさらわれないか、崖から落ちないか、車にはねられないか、誘拐《ゆうかい》されないか。実際に、子どもが被害者となる悲惨な事故や残虐な事件は絶《た》えず起きていますしね。

佐藤　昔は、七歳までは神の子と言われていました。それだけ、子どものうちに亡くなることが多かったんですね。

東北は津波以外にも、繰り返し冷害に襲われ、飢饉《ききん》に遭《あ》っています。人命に及ぶ飢饉は昭和の初めまで続きました。口減らしをして飢饉を生き延びるため、新生児を殺す「間引《まび》き」という行為も行われていました。それを「子返し」といって、七歳以下の子どもは神の子として、いつでも神にお返しすることができるとされた。間引きは、江戸時代には繰り返し禁止令が出されています。それをやめさせるための「間引き絵馬」も作られました。しかし、人口の増加に生産が追いつかない時代は、どうしても命の選択をせざるを得なかった。自分の子どもに手をかけることは、想像もつかないほどつらい経験だったことでしょう。だから、子返しと解釈せざるを得なかったんだと思います。そうした苛酷な歴史の中で、地蔵尊やムカサリ絵馬の風習が生まれ、残されているのです。

柳　家族や友人など自分と近しい人が死ぬと、成仏してほしい、痛苦《つうく》や懊悩《おうのう》の無い浄土に旅立ってほしいと冥福《めいふく》を祈る一方で、居なくならないでほしい、この世に留《とど》まってほしいという思いも強く、相反《あいはん》する二つの思いに引き裂かれます。ですから、年に二日間だけ、三森山《みつもりやま》に行けば死者と再会できる、というのは、いいですよね。

佐藤　デートスポットか七夕のようで、その考えはいいですね。実際に、三森山はあまり重い雰囲気が無くて、皆さんピクニックに行って、亡くなった人といっしょにお弁当を広げているような感じでした。

死者との空間の共有が人間社会の潤滑油となる

柳　ムカサリ絵馬を見に行ったのも八月下旬でした。

佐藤　若松寺《じゃくしょうじ》に行った日は台風が東北に接近中で、午後まではなんとかもったものの、若松寺についた夕方には篠突《しのつ》く雨でした。

柳　本堂への階段を滝のように雨水が流れていて、本堂から隣の絵馬堂に移動するだけで、靴の中に水が溜《た》まるという、笑うしかないような見事な土砂降《どしゃぶ》りでした。絵馬堂には、たくさんの絵馬が比較的整然と納められていましたが、黒鳥観音《くろとりかんのん》は、本堂の壁や天井が絵馬で埋め尽くされていて、奉納者の死者に対する収《おさ》まりのつかない思いが伝わってくるようでした。

佐藤　若松寺も絵馬堂に納める前は、本堂に掛けられていたそうですから、黒鳥観音と同じように境界域というか尋常《じんじょう》ならざる雰囲気はあったはずです。

柳　絵馬はある場面を切り取っているので「動」、川倉地蔵尊の花嫁人形は「静」という印象を受けました。

佐藤　なるほど。どちらも将来味わうはずだった幸せな時間を表現していますが、絵馬には両親や親戚、おそらく、生きている人も死んでいる人もいっしょに描かれているでしょうから、死者と共に生きるというイメージがより鮮明になります。

柳美里氏

柳　あんなにありありと、生きていたら訪れたかもしれないハレの日や、幸福な日常を絵に描いて、この世に留めるというのは……。赤の他人の私は、描かれた絵や絵の中の掛軸《かけじく》などに記された文字を見ながら、生と死の物語を想像するわけですが、絵馬を奉納したご遺族は、痛みや悲しみを伴《ともな》いながら死者に対する思いを巡らせるのでしょうね。

佐藤　死者と同じ世界に入ってしまうわけですね。自分も絵馬に描かれた人物の一人になってしまう。そこで故人と、しばし時間と空間を共有する。

柳　死と触れ合う時間と場所があると、生がふくよかになります。

佐藤　人間は自分たちの世界にいろいろなものを取り込めば、世界がもっと豊かになることを本能的にわかっていたような気がします。今、柳さんが仰《おつしや》ったように、死者もそうですし、草木だってそうです。それらを神様のように崇《あが》めたり、必要以上に恐れたりするのではなく、もっと人間に近い存在、対話可能な存在、同じ空間を共有する仲間として認めていく。昔の人々はそうすることによって、ギスギスした関係になりがちな人間社会に潤滑油《じゆんかつゆ》を提供するという智慧《ちえ》を持っていたのではないでしょうか。

自立したコミュニティの住民となる死者

佐藤　今回の旅では、現在、柳さんが住んでいる南相馬市小高区《おだかく》の大悲山《だいひさん》の石仏と縄文時代の浦尻貝塚に行きました（二〇一六年十月十五日）。

柳　大悲山の石仏群は、薬師堂《やくしどう》石仏、観音堂《かんのんどう》石仏、阿弥陀堂石仏の総称で日本三大磨崖仏《まがいぶつ》に数えられています。特にわたしが好きなのは観音堂石仏です。千手《せんじゅ》観音の指先や爪先《つまさき》のその先に、救済への意志を感じるのです。

佐藤　わたしも、この石仏は大好きです。小高区が「警戒区域」から「避難指示解除準備区域」となり、立ち入りができるようになった時に、真っ先に様子を見に行きました。今回、案内してくださった南相馬市教育委員会の藤木海《かい》さんによると、薬師堂石仏近くの社務所に泊まって酒盛りをする風習が残っているということですから、夜篭《よごも》りのような儀式はあった可能性もあります。

柳　郷土史好きの人の他にも、奥相三十三観音霊場二十七番札所の一つになっていることから、パワースポットとして訪れる人も少なくないようです。

佐藤　浦尻遺跡は、縄文遺跡の例に漏れず景色の良いところでした。縄文の初めは、集落の中央広場の一角に死者を埋葬《まいそう》していました。それが、後期に入った頃から、住まいのエリアとは別のところに埋葬するようになります。初めは、単に動かなくなった仲間だったものが、死者も独自の意志を持って、自立したコミュニティを作っていると考えるようになる。死者と死後の世界に対するイメージが変化していくのでしょうね。

大災害では異界との境界に裂け目が生じる

柳　佐藤さんは二〇一一年三月十一日、東日本大震災の時は、どこにいらっしゃったんですか？

佐藤　ちょうど仕事で中国に出かける日で、新幹線にするか飛行機にするか迷った末に、新幹線を選び、仙台駅で新幹線に乗る直前でした。その後、通信手段が無くなりましたから、「佐藤は中国に行って帰国できないらしい」と、まことしやかにネット上で伝わっていきました。あの時、もし飛行機を選択していたら、空港近くで津波に遭って、そのまま人生の終焉《しゅうえん》を迎えていたかもしれません。運命の偶然を感じずにはいられませんでした。

柳　わたしは、二十三歳の時に書いた戯曲『向日葵《ひまわり》の柩《ひつぎ》』の公演で韓国のソウルに居たんです。小学五年生の息子は、当時暮らしていた鎌倉の自宅に居ましたから、すぐにでも帰宅したかったのですが、三月十四日に千秋楽《せんしゅうらく》で舞台挨拶を行わなければならなかったため、十五日の帰宅になってしまいました。地震、津波、原発事故の報道をソウルのホテルのテレビで見続け、「どうしよう、どうしよう」と両手を握り合わせ涙が止まりませんでした。

それから約一カ月後の四月二十一日、原発から半径二〇キロ圏内が「警戒区域」に指定される前日に、鎌倉から福島県双葉郡《ふたばぐん》楢葉町《ならはまち》にあった二〇キロ圏の検問所へと向かいました。富岡町の夜ノ森《よのもり》に着いた頃には、既に夕暮れでした。夜ノ森は桜の名所で、一五〇〇本もの桜の並木道で白いトンネルみたいになるんですが、あの年は例年より寒くて、四月二十一日で満開だったんです。無人の街に咲く染井吉野《そめいよしの》が、生々しい美しさで迫ってきました。午前零時の制限時間ぎりぎりまで富岡町、浪江町、大熊町を見て歩き、楢葉の検問所から出たら、「警戒区域」の真っ赤な電光表示板が設置されていました。

佐藤　そうでしたか。わたしは学生時代、研究会や資料収集で東京に行くのに、よく常磐線《じょうばんせん》の夜行列車に乗りました。ある時、ふと目を覚ますと、車窓から満開の桜が見えて、そこが夜ノ森という印象的な地名だったので強く記憶に残っています。

佐藤弘夫氏

柳　その年の七月に開催された「東日本大震災復興　相馬三社野馬追《のまおい》」を見に行ったことが縁となり、翌年の三月十六日から「南相馬ひばりＦＭ」（当時は、南相馬災害ＦＭ）で「ふたりとひとり」という三十分番組のパーソナリティを務めるようになりました。

南相馬の親子、兄弟、姉妹、夫婦、友だち、先生と生徒、上司と部下といったお二人をゲストに招き、わたしが聞き手となってお話をする毎週金曜日に放送している番組です。五年間ずっと続いているので、五〇〇人以上の方のお話を収録しているんですが、収録後に目に見えないものの存在を語る方もいらっしゃいます。

南相馬では国道６号線を境にして海側が津波の犠牲者が多かった地域なんですが、６号線沿いのお宅で暮らす女性が、津波の時刻になると「助けて！」という叫《さけ》び声を聞くと言うのです。一人だったら空耳《そらみみ》かもしれないけれど、居間にいる家族全員が聞いた、と。最初に聞いた時は、廊下に出て、庭先に出て、声の主を探したけれど、誰もいない。二度目以降は、もう探さないそうです。

あと、これは社会福祉協議会の職員の方々から聞いたのですが、仕事を終えて車で家に帰る時に、６号線を海の方から山の方に横断する大勢の白い人影を見る、

東日本大震災の日、仙台空港周辺の神社や家屋は津波で流されたが、微高地にあるこの社殿は流失を免れた
——宮城県名取市・下増田神社

と。同じ場所で同じ人影を見た職員は一人ではなく、怖いからあの場所を避けて帰りたいのだけど、どうしたらいいだろう、と話し合ったそうなんです。

佐藤　現代人は、目に見えない世界は無いものとして、現実社会と区別していますが、人知の及ばぬ大災害などの時には、境界に裂け目が生じるのかもしれません。宮城県の沿岸の被災地でも、幽霊を目撃したという情報はたくさんあります。

柳　これは、鹿島区の仮設住宅で暮らす、真野川漁港の漁師さんのお話です。あの日、大きな揺れの後、海のすぐ近くの自宅で片付けをしていたら、窓の外を「お墓が大変だ！　早くお墓に行け！」と叫びながら歩いている男性が通り過ぎたそうです。その声につられるように、高台の墓に向かい到着した時に、津波が襲ってきたというのです。後々考えると、叫びながら歩いていたのは見知らぬ人だったと。知らない人が入り込むような集落ではないし、大地震の直後にみんな家の中がめちゃくちゃで片付けをしていたのに、「お墓が大変だ！」と道を歩いているのはおかしい、あれは誰だったのか、今でも不思議だ、と。そして、お墓に眠るご先祖様が子孫の危機を救うために知らせにきたのではないかと言うんですよ。彼が暮らす集落は、南相馬市内で津波による犠牲者が多かった南右田《みなみみぎた》行政区です。南右田行政区には、震災前七十戸約三三〇人が暮らしていたのですが、津波で全戸が流失。五十四人が犠牲となりました。地区の大半が住宅を建てられない「災害危険区域」に指定され、別の場所での生活再建を余儀なくされたため、二〇一七年の三月に行政区の解散式が行われました。

わたしの小説『JR上野駅公園口』の舞台となった地域でもあります。

魂は宇宙に遍満し、消えることはない

佐藤　柳《やなぎ》田《た》國《くに》男《お》の『遠野物語』にも、明治二十九年（一八九六年）の三陸大津波で亡くなった奥さんが一年後に現れる話や、幽霊の話がいくつも載《の》っています。かつては、死者との交流も恐怖の体験ではなく、もっと自然のことだと考えられていたんでしょうね。

柳　相馬野馬追は相馬中村藩領で行われる相馬中村神社、相馬太田神社、相馬小高神社の三つの妙見社の祭礼です。震災の年（二〇一一年）は亡くなられた方の鎮《ちん》魂《こん》と相双地区の復興を願い、規模を縮小して開催されましたが、震災の翌年（二〇一二年）

からは七月最終の土・日・月の三日間の開催に戻りました。

しかし、原発事故で全住民が避難を強いられた旧「警戒区域」――南相馬市小高区の小高郷、双葉郡の浪江町、双葉町、大熊町の標葉郷――での相馬野馬追は、まだ元の祭の姿を取り戻せません。線量が高い地域の除染《じょせん》と、住民が暮らしと生業《なりわい》を取り戻すことが先決だからです。

小高区では、昨年（二〇一六年）七月十二日の避難指示の解除を受けて、六年ぶりに火の祭が復活しました。火の祭は、昔、小高郷の騎馬武者たちが雲雀ヶ原《ひばりがはら》祭場地から帰る頃、住民が沿道に提灯《ちょうちん》や松明《たいまつ》をかざして慰労《いろう》の意を表したのをヒントに、約一二〇年前に始まったものです。畦道《あぜみち》などに並べられた火の玉が揺れる光景は幻想的です。

震災前は帰り馬の行列があったのですが、昨年はさまざまな声があり、実現できませんでした。火の玉の間を津波で亡くなられた騎馬会の方々や流された馬たちが通っているような気がしました。まるで迎え火のようでしたね。

佐藤　そういうイメージを持った方は多いでしょうね。個人的な感覚で全然、科学的ではありませんが、ちょうど何億光年も離れた過去の星の姿が見られるように、

原発事故前の日常を取り戻すことはできない

亡くなった人の魂が宇宙に遍満《へんまん》し、生きている時の姿もどこかに投影《とうえい》されていて消えることがない。そう思えて仕方ありません。

柳　霊魂とは星のような存在かもしれませんね。夜空に見える星の中には、今存在している星と、既に存在しない星が混在しています。霊魂が生前の姿のまま、わたしたちの前に現れるのは、消滅した星の輝きのようなものなのかもしれない、と思う時があります。

近代化はカミと死者をこの世から排除するプロセス

佐藤　最後に訪れたのは遠野と秋田です。

柳　十一月でしたね。時折、雪混じりの雨が降る遠野で、お昼に食べた郷土料理の「けいらん」で体が温まりました。

佐藤　『遠野物語』には生者と死者、異界の住民が共存する豊かな世界が広がっていて、非常におもしろいですよね。その舞台となった場所、たとえばデンデラ野には、信州の姥捨《うばす》て伝説のような暗さがありません。生の世界と死の世界、その中継地となるデンデラ野とダンノハナ、途切れることのない生と死がそこにあります。

柳　秋田では、湯沢市の最禅寺にお邪魔して、「地獄極楽図」を見せていただきました。お盆やお彼岸の時だけ公開されるということで、保存状態が良かったですね。

佐藤　柳さんは、随分熱心に地獄図をご覧になっていましたけど。

柳　血の海の中の女の長い髪や、臼《うす》に入れられて二人の鬼に餅つきのように杵《きね》で突かれる男たちの大きく開けた赤い口や、逆さ吊《づ》りにされて鬼に股間《こかん》を鋸引《のこぎりび》きされる女性の脚の形が妙にリアルで動きがあって、痛そうで……極楽の様子よりも、地獄の様子の方が丹念に描かれているんですよね。

佐藤　極楽の法悦《ほうえつ》のイメージよりも、苦痛の方が想像力を働かせることができるということだと思います。同時期に、死後の世界を生前の暮らしの延長として捉える

デンデラ野は死にゆく人々が通る、
この世と冥界との間に設けられた通り道

遠野の供養絵馬やムカサリ絵馬などが盛んに奉納される地域があり、一方で、地獄絵図のようなものがあるというのは興味深いですね。

柳　副住職の森田昭善さんが、「今の子どもたちが地獄絵図を怖がらなくなったのは、死の捉え方が変わったせいではないか」と仰っていました。おそらく、かつては自宅で執《と》り行われていた葬祭を、葬祭場などに任せるようになり、ご遺体と接する機会がますます少なくなったことが影響しているのではないかと。

佐藤　それはあるかもしれません。死者のイメージが薄くなったのは、死体に直接、接する機会がほとんどなくなってしまったことが大きな原因だと思います。今は、葬式は葬儀業者が代行してくれますから、遺族は直接、手を下す必要がなくなっています。どんな死に方をしても、ご遺体と対面する時は、清められた美しい死に顔で、火葬場で焼かれた真っ白な遺骨です。死体が一面で持つおぞましさ、死ぬことのリアリティを感じることはありません。

柳　生老病死、人間の生き物としての生々しさの全てが、わたしたちの生活から遠ざけられていますよね。

佐藤　そのことによってなにを失ったかを見つめ、死のリアリティを感じる時代の豊かさについて認識することが今、求められています。

柳　東北各地の霊場を巡り歩いて、死者との関係が時代によって変化したことがわかりましたが、生と死の間にくっきりと線を引き、死を忌《い》むべきものとして生活の場から遠ざけたのは、いつの時代からなのでしょうか。なにをきっかけにして、死者を異界の住人として扱うようになってしまったのでしょうか。

佐藤　江戸時代以前は、亡くなった人は仏様にお任せするというのが共通意識としてありましたが、そうは割り切れない思いもあったと思います。ただ、割り切れない気持ちがあったとしても、「会いたいから会いに行く」という客観的な状況はありませんでした。亡くなった人に対して時間をかけてケアできるようになるのは、安定し世代を超えて継続する「家」を築けるようになった江戸時代からです。この頃から、死者が身近に居るという感覚が強くなると考えています。社会が安定した一方で、力のある仏様に後生《ごしょう》を託して安心するという側面が薄れ、お墓を作って時間をかけて、故人と家族・縁者が交流を重ね、ご先祖様になっていくわけです。そうした死者との関係性が大きく変わるのは、近代に入ってからでしょうね。わたしたちは世界や社会というと、その構成員として人間しか思い浮かびませんが、近代以前の社会では神・仏・動物など人間以外の存在（カミ）もれっきとしたその構成員でした。近代化はこの世界からカミを追放していくプロセスです。そのことによって特権的階級としての人間がクローズアップされ、人権の重要性が共有されるようになりますが、それまで緩衝材《かんしょうざい》の役割を果たしていたカミを失った社会では人間同士が鋭く対峙《たいじ》し、傷付け合うことが日常化します。

近代はカミと同様、死者も社会から排除されていく時代です。「何時何分ご臨終《りんじゅう》」という言葉に示されるように、かつては曖昧だった生死の境界に明確な一線が引かれ、死後世界を未知の恐怖の世界として忌み嫌うようになる。生者と死者の柔らかで幅広い交流が次第に先細って、現代に至っているというのがわたしの認識です。

死者との関係を見直し、時代を問い直す時

柳　わたしは、十七年前に伴侶を亡くしました。お墓は、彼の出身地である長崎のお寺にあります。納骨式を終えて、墓に背を向けて歩き出した途端、「あんなに狭いところや暗いところが嫌いだったのに……」と、狭くて暗いお墓の中に遺骨を納

めなければならないことがつらく、悲しくて、涙が止まりませんでした。ですから、三森山のモリ供養のように、死んでいった懐かしい死者と森で待ち合わせをするというのは、死者との逢瀬《おうせ》のようでいいですね。

佐藤　暗くて怖い墓地のイメージは江戸時代からのものです。それ以前は光に満ち

死者を思い、祈りを捧げるために足を運びつづける

た勝地への納骨でした。時代と社会的背景によって、死者に対する精いっぱいの好意でも、その現れ方が変化しているわけです。

柳　わたしは海外に行くと必ず墓地を訪ね歩くようにしているのですが、スウェーデンの首都ストックホルムの郊外には森の墓地「スコーグスシュルコゴーデン」（ユネスコ世界遺産）があります。敷地面積は約一〇〇ヘクタールです。「人は死ぬと森に還《かえ》る。残された者の思い出の中で死者は生きる」というスウェーデン人の死生観を形にした墓地で、美しい松林の中に一二万人もの死者が眠り、年間二〇〇〇件以上の葬儀が執り行われています。森の墓地には、「追憶《ついおく》の丘」という名の散骨場もあります。遺族が散骨を希望すれば、火葬された遺骨は木立の中に振り撒《ま》かれます。そして、その場所は、遺族には教えられません。遺族は、花壇のある場所で死者を追想するのだそうです。

スウェーデン人女性と結婚して三十年以上ストックホルムで暮らしている日本人男性から聞いた話ですが、日本で亡くなった母親の骨を埋葬してもらおうと、森の墓地に骨壺《こつつぼ》を持っていったところ、陶器は土に還らないので、土に還る容器に入れ替えてほしいと言われたそうです。

スウェーデンにある森の墓地・スコーグスシュルコゴーデン　©PIXTA

佐藤　わたしもよく墓地を見に行きます。誰かと旅行に行っても、墓ばかり行きたがるので嫌がられています。スウェーデンでは遺体をフリーズドライの方法で粉末にして埋葬する「冷凍葬」が開発されて、実行されているそうです。まさに究極のエコです。

柳　森の墓地には、一〇代半ばで事故死した少女の写真のある十字架の前にポストが設置されていました。かつての同級生たちが手紙を投函《とうかん》しにくるそうです。

佐藤　「風の電話」（※）のようなものがあるんですね。死者と連絡する、死者と寄り添うことで、自分が大きな世界の中で生きているということが見えてきますよね。死んだら終わりではなく、死者と親しく交流することで死者が見守ってくれるという安心と同時に、自分もそうしてもらえるという将来の安心に繋《つな》がる。いずれ、自分が亡くなった時に、子孫がやってきて語りかけてくれるというのが死の恐怖を乗り越える心の支えになるわけです。

ただ、時代によって社会も変わり、人の生き方も変わり、家族の在《あ》り方も変わります。その中でも安心できる死者との関係の在り方を考える必要があります。散骨や樹木葬にみられる自然の中に溶け込み、大きな宇宙と共にあるという発想は、その答えの一つです。

柳　生者と死者が隔離《かくり》され、関係性が薄れている今、葬送の在り方だけでなく、死者との関係をもう一度見直す時がきています。

佐藤　その通りです。生の世界と死の世界が途切れてしまっているのは、不幸なことです。死んだらどうせ終わりだから、生きているうちにせいぜい好きなことをしようという風潮が、今日《こんにち》多く見受けられます。これは縦横《じゅうおう》に広がる無数の生命の繋がりの中に居る自分の立ち位置を忘れた見方であり、未来に対する自らの責任を放棄しようとする発想です。こうした風潮も、生と死の世界を峻別《しゅんべつ》し、死者を遠ざけたことに端を発しているように思えてなりません。生者の論理で世界を見つめるのではなく、死者の視点から今の時代を問い直すことが求められています。

※「風の電話」とは、岩手県大槌町の海を見下ろす丘に置かれた私設の電話ボックス。震災で逢えなくなった家族や友だちなど、大切な人ともう一度言葉を交わしたいと願う人々がここを訪ね、回線の繋がっていない受話器を通じて「会話」をする。心の中にさまざまな思いや喪失感を抱えた人の支えになっている。

おわりに

佐藤弘夫

わたしが柳美里さんの作品に最初に出会ったのは、インドネシアのジャカルタでのことでした。

二〇〇〇年の秋から翌年の初めにかけて、わたしは客員教授としてインドネシア大学に勤務していました。そこで日本学を専攻する大学院生に日本の思想と文化の講義をしていたのですが、その受講生の一人が、この本がおもしろいといって一冊の本を私に貸してくれました。それが柳美里さんの『命《いのち》』だったのです。

芥川賞《あくたがわしょう》作家として、柳美里という名前はもちろん知っていました。しかし、この時まで直接その作品に接する機会はありませんでした。湿《しめ》った夜風が吹き込み、ヤモリの声が聞こえる異国の宿舎で、わたしは柳さんの本を繙《ひもと》きました。

わたしがまず衝撃《しょうげき》を受けたのは、まっすぐに飛び込んでくる言葉の力でした。

その頃、わたしは専門用語で語り合う閉鎖《へいさ》的な学問の世界に強い限界を感じていました。問題意識と成果を学者以外の人々と分かち合うための、より遠くまで届く言葉の必要性を痛感《つうかん》していました。しかし、それを見つけあぐねていました。ジャンルは違っても、レベルは違っても、わたしの求めていたものがここにある、とその時、わたしは感じたのです。

この出会いを機に、わたしは柳美里さんのお仕事を意識するようになり、折々にその作品に触《ふ》れ、何冊かの本を読ませていただきました。柳さんはしばしば無頼派《ぶらいは》の系譜《けいふ》に位置付けられ、激しい感情を叩《たた》きつけるような文章に特色があるといわれます。しかし、作品を読み進んでいくにつれて、わたしにはむしろ、緻密《ちみつ》に組み立てられた構成と周到《しゅうとう》に計算された表現方法をもつ、理知《りち》的《てき》な作風という印象が強く残りました。こうしてわたしは、圧倒的な筆力とそれを制御《せいぎょ》する構成力のバランスのとれた、現代文学を代表する作家として柳さんを意識することになったのです。

そうしたいきさつもあって、昨年、「いわき短期大学」創立五十周年、「東日本国際大学」創立二十周年記念式典で柳美里さんとごいっしょした時、なんとなく昔から知り合いのような気がして気軽にお話ししているうちに、式典に同席していた第三文明社の大島光明社長のご配慮でこの企画が走り出すことになりました。

対談のコンセプトは生と死の交差する場所ということで、その現場を巡りながら対談するという形を取ることになりました。全体の元締役として、フリー編集者の朝川桂子さんに入っていただきました。また、対談を取りまとめるライターとして真壁恵美子さんにご参加いただきました。写真は、仙台在住の写真家である宍戸清孝さんとアシスタントの菅井理恵さんに担当していただくことになりました。

昨年七月二十六日の青森県・川倉地蔵尊行きを始《はじ》まりとして、このメンバーによる霊場《れいじょう》巡りの旅がスタートしました。

訪問先はわたしが選定し、柳美里さんをご案内しました。日程を決めるにあたって、朝川さんにはスケジュールの調整でご苦労いただきました。柳さんはいつも締切を抱《かか》える多忙な作家であり、わたしも当時は大学の管理業務にかかわっていて、なかなか職場を抜け出すことが難しい状況でした。

慌ただしい日程ではありましたが、そうであったからこそ、この旅は深く心に残る経験となりました。盛夏から晩秋へと移り行く季節の中で、時には現場を歩きながら、時にはレストランの一室で、時にはわたしの小さな車で移動しながら、柳さんとほんとうにたくさんのお話をさせていただきました。

現地ではわたしが解説しながら見学を行いましたが、柳さんの視点と指摘にはいつもわたしのほうがはっとさせられました。何度も訪れている場所のはずが、柳さんと行くといつも新鮮な発見がありました。

思えば、現代ほど情報が氾濫《はんらん》している時代はこれまでありませんでした。同時に、これほどまでに言葉が心に届かないまま、無造作に消費されていく時代も、かつてなかったように思います。わたしたちは望むと望まざるとにかかわらず、自身の消化能力を超える大量の情報を、日々飲み込み続けることを強要されているのです。

現代人に、感性の触覚を研《と》ぎ澄まし、時には見えないものも含めて探知していく能力を養う余裕はありません。息つく暇もなく膨大《ぼうだい》なデータにさらされ続けている中では、想像力を働かせる余地はありません。情報の渦《うず》に巻き込まれて、ひたすら五感が鈍化《どんか》していくだけです。

柳美里さんと、目に見えぬ存在を求めて歩く中で、わたしは自身の感性が磨耗《まもう》し、探知能力が減退《げんたい》していたことを痛感させられました。学者の性《さが》として、古典とか誰かの言葉とかを援用して語らないと不安を感じるわたしでしたが、柳さんとの対話ではそれが通用しませんでした。自分で感じ取り、自分の言葉で語ることの大切さを実感した時間でした。そうしたことを気付かせてくれたこの旅に、とても感謝しています。

わたしはもっと多くの方に、とくに海外の人々に柳美里さんの作品を読んでいただきたいと思っています。柳さんは世界文学に正しく位置付けられるべき作家であると、わたしは考えています。柳さんの文筆家としての未来に、私の知識と経験の一端が少しでも貢献できれば、とても嬉《うれ》しくまた誇りに思います。

末筆ながら、この旅に伴走していただいた、朝川さん、真壁さん、宍戸さん、菅井さんに改めて御礼申し上げます。宍戸さんにはすばらしい写真を撮っていただきました。それが文章を書くにあたっての大きなプレッシャーになりました。できればこの仲間たちで、目に見えぬものを訪ねる旅をもう少し継続していきたいと願っています。

訪問した先では、たくさんの方々にお世話になりました。どこでも温かく迎えていただき、多くのことを教えていただきました。ご協力いただいた全ての皆さまのご厚情に深く感謝申し上げます。

各地へのアクセス

山寺(立石寺・垂水遺跡)
〒999-3301
山形県山形市大字山寺4456-1
☎023-695-2843

▶車でのアクセス
山形自動車道「山形北IC」から15分
▶電車でのアクセス
［立石寺］JR仙山線の山寺駅から徒歩5分
［垂水遺跡］JR仙山線の山寺駅から徒歩15分
「山寺千手院」入口より『東北自然歩道　やまでら天台のみち』を15分程度上る

松島
宮城県宮城郡松島町
▶車でのアクセス
三陸自動車道「松島海岸IC」から5分
▶電車でのアクセス
JR仙石線の松島海岸駅下車すぐ

三森山
山形県鶴岡市清水地区
▶車でのアクセス
山形自動車道「鶴岡IC」から10分
▶電車でのアクセス
JR羽越本線の羽前大山駅から車で10分
三森山入口付近から森山(標高121m)へと山道を上る。

白狐山 光星寺
〒999-6602
山形県東田川郡庄内町三ヶ沢字中里47
☎0234-56-2533

▶車でのアクセス
日本海東北自動車道「酒田IC」から35分
▶電車でのアクセス
JR陸羽西線の狩川駅から車で10分

川倉賽の河原地蔵尊
〒037-0201
青森県五所川原市金木町川倉字七夕野426-1
☎0173-53-3282

▶車でのアクセス
津軽自動車道「五所川原IC」から25分
▶電車でのアクセス
JR五能線の五所川原駅から車で20分または津軽鉄道芦野公園駅から徒歩20分

鈴立山 若松寺
〒994-0021
山形県天童市大字山元2205-1
☎023-653-4138

▶車でのアクセス
東北中央自動車道「天童IC」から10分
▶電車でのアクセス
JR山形新幹線天童駅から車で15分

黒鳥観音堂
〒999-3701
山形県東根市大字東根甲1810
☎0237-42-4748

▶車でのアクセス
東北中央自動車道「東根IC」から15分
▶電車でのアクセス
JR山形新幹線さくらんぼ東根駅から車で15分

八葉寺(会津高野山)
〒969-3422
福島県会津若松市河東町広野冬木沢
☎0242-22-1689(八葉寺管理元：金剛寺)

▶車でのアクセス
磐越自動車道「磐越河東IC」から10分
▶電車でのアクセス
JR磐越西線の広田駅から車で5分または徒歩15分

曹洞宗 最禅寺

〒012-0055
秋田県湯沢市山田字上堂ケ沢81
☎0183-73-3241

▶車でのアクセス
湯沢横手道路「湯沢IC」から15分
▶電車でのアクセス
JR奥羽本線の湯沢駅から車で20分

大悲山石仏

〒979-2133
福島県南相馬市小高区泉沢
▶車でのアクセス
常磐自動車道「南相馬IC」から30分または「浪江IC」から15分
▶電車でのアクセス
JR常磐線の小高駅から車で10分

浦尻貝塚

〒979-2145
福島県南相馬市小高区浦尻字南台地内
▶車でのアクセス
常磐自動車道「南相馬IC」から35分または「浪江IC」から25分
▶電車でのアクセス
JR常磐線の小高駅から車で20分

真宗大谷派 原町別院

〒975-0007
福島県南相馬市原町区南町1－70
☎0244-23-3624

▶車でのアクセス
常磐自動車道「南相馬IC」から10分
▶電車でのアクセス
JR常磐線の原ノ町駅から徒歩20分または車で3分

海渡神社

〒979-1302
福島県双葉郡大熊町大字小入野字東平390番
(※中間貯蔵施設建設予定地)

小斎城

〒981-2401
宮城県伊具郡丸森町小斎地区
▶車でのアクセス
常磐自動車道「新地IC」から25分
▶電車でのアクセス
阿武隈急行線の丸森駅から車で15分

デンデラ野・ダンノハナ(遠野)

〒028-0552
岩手県遠野市土淵町山口
☎0198-62-1333(遠野市観光協会)

▶車でのアクセス
釜石自動車道「遠野IC」から20分
▶電車でのアクセス
JR釜石線の遠野駅から車で15分

曹洞宗 小友西来院

〒028-0481
岩手県遠野市小友町21-132
☎0198-68-2311

▶車でのアクセス
釜石自動車道「宮守IC」から10分
▶電車でのアクセス
JR釜石線の鱒沢駅から車で10分

参考文献

『死者のゆくえ』佐藤弘夫(岩田書院)
『死者の花嫁——葬送と追想の列島史』佐藤弘夫(幻戯書房)
『残しておきたい大熊のはなし』鎌田清衛(歴史春秋社)
『丸森町史』(丸森町)
『伊達世臣家譜略記』田辺希文(仙台文庫叢書)
『仙台伊達氏家臣団事典』本多勇(丸善仙台出版サービスセンター)
『旗巻峠の密書 伊達戦記◎仙台戊辰始末』星亮一(廣済堂出版)
『仙台戊辰戦史 北方政権をめざした勇者たち』星亮一(三修社)
『ものと人間の文化史162 柳』有岡利幸(法政大学出版局)
『世界大百科事典』(平凡社)
『遠野物語―付・遠野物語拾遺』柳田國男(角川ソフィア文庫)
『遠野物語・山の人生』柳田國男(岩波文庫)
NNNドキュメント'17「Life〜原発事故と忘れられた津波〜」
NHK長崎放送局「長崎 原爆 100人の証言 39 丸田和男」
http://www.nhk.or.jp/nagasaki/peace/shogen.html
文化庁ホームページ
朝日新聞「ナガサキノート 26」
長崎新聞
毎日新聞

ご協力いただいた方々

[岩手]遠野・小友西来院　瀬川什朗様
[岩手]遠野・広東厨房　呉財宝様／呉香奈恵様
[福島]会津高野山　八葉寺永世兼帯　金剛寺様
[福島]郷土史研究家　鎌田清衛様
[福島]大熊町教育委員会　武内敏英様
[福島]大熊町役場　佐伯竜平様
[福島]大熊町役場　大川原連絡事務所様
[福島]南相馬市博物館　二上文彦様
[福島]南相馬市教育委員会　文化財課　藤木海様
[福島]真宗大谷派　原町別院　木ノ下秀昭様
[秋田]湯沢・大乗山　最禅寺　森田昭兒様／森田昭善様

著者プロフィール

柳美里（ゆう・みり）

小説家・劇作家。1968年、茨城県生まれ。高校中退後、劇団「東京キッドブラザース」に入団。女優、演出助手を経て、1987年、演劇ユニット「青春五月党」を結成。1993年、『魚の祭』で、第37回岸田國士戯曲賞を受賞。1994年、初の小説作品『石に泳ぐ魚』を、『新潮』に発表。1996年、『フルハウス』で、第18回野間文芸新人賞、第24回泉鏡花文学賞を受賞。1997年、『家族シネマ』で、第116回芥川賞を受賞。1999年、『ゴールドラッシュ』で、第3回木山捷平文学賞を受賞。2001年、『命』で、第7回編集者が選ぶ雑誌ジャーナリズム賞作品賞を受賞。福島県南相馬市在住。

佐藤弘夫(さとう・ひろお)

東北大学大学院文学研究科教授。1953年、宮城県生まれ。東北大学大学院文学研究科博士前期課程修了。盛岡大学助教授などを経て現職。神仏習合、霊場、日蓮、鎌倉仏教、国家と宗教、死生観などをキーワードに日本の思想を研究している。残された文献の厳密な読解による実証研究をベースにしながら、石塔や遺跡などのフィールドワークを取り入れ、想像力を駆使して、大きな精神史のストーリーを組み立てることを目指している。宮城県仙台市在住。

宍戸清孝(ししど・きよたか)

写真家。1954年、宮城県生まれ。1980年に渡米、ドキュメンタリーフォトを学ぶ。日本写真協会会員。1993年「カンボジア鉄鎖を越えて」(銀座ニコンサロン)、1995年からアメリカと日本のはざまで激動の時代を生きた日系二世をテーマにした写真展「21世紀への帰還」シリーズを発表する。2004年伊奈信男賞、2005年宮城県芸術選奨などを受賞。宮城県仙台市在住。

春《はる》の消息《しょうそく》

2017年12月1日　初版第1刷発行

著　　者　柳美里《ゆうみり》　佐藤弘夫《さとうひろお》
発 行 者　大島光明
発 行 所　株式会社　第三文明社
東京都新宿区新宿1-23-5
郵便番号　160-0022
電話番号　03-5269-7144（営業代表）
03-5269-7145（注文専用）
03-5269-7154（編集代表）
振替口座　00150-3-117823
U R L　http://www.daisanbunmei.co.jp

印刷・製本　中央精版印刷株式会社

ISBN 978-4-476-03369-4